# 301号室の聖者

織守きょうや

JN054459

双葉文庫

# 301号室の聖者

# 1

　自席で明日提出予定の準備書面と格闘していたら、事務所の稼ぎ頭である先輩弁護士の高塚智明《たかつかともあき》が、青い訴訟ファイルを持って現れた。

「木村《きむら》くん、今手空いてる？」

「あ、はい。これが終わったら、空きますけど」

　はい、と差し出されて、真新しいファイルを受け取る。

「丸岡凌子《まるおかりようこ》対笹川《ささがわ》総合病院」とラベルが貼ってあった。原告は知らない名前だったが、被告のほうは聞き覚えがある。木村の勤めるこの事務所の、顧問先の一つだったはずだ。それが、訴訟の被告になっているということは。

「医療過誤訴訟……ですか？」

「医療過誤っていうか、看護過誤だけどね」

表紙をめくると、一番上に訴状が綴《と》じてあった。事件名は、損害賠償請求事件。入院患者が病院食を誤嚥《ごえん》して意識を失い、その後呼吸不全で亡くなったことに対して、遺族が病院に賠償金を求めているということらしい。

「亡くなったのは最近だけど、誤嚥があったのは何ヵ月も前なんだよ。そのときにちゃんと対応しておけば訴訟まで提起されることはなかったかもしれないのに、相談に来るのが遅すぎだよねえ」

訴訟提起されて初めて電話が来て、うちは事態を把握したってわけ。と、木村が記録を確認する横で、高塚は呆《あき》れた声で言う。

「せっかく顧問料を払ってくれてるんですし、もうちょっと気軽に相談してほしいですよね」

「ここまでこじれる前にね。まあ、訴えられた場合の弁護士費用については保険が下りるんだろうけど……今後は何かあったら、病院側で対応する前に連絡してってって言っといた」

顧問弁護士がいて、毎月顧問料も発生しているのだから、小さなことでも相談すればよさそうなものだが、木村の知る限り、頻繁《ひんぱん》に電話をかけてくる顧問先はごく少数だ。会社や病院としては、毎月払う顧問料は、安心料のような感覚なのだろう。「いざとなったら顧問弁護士がいる」という安心のために支出する固定費だ。

本当は、争いが起きないように予防するのも弁護士の仕事なのだが、まだまだ一般には、実際に争いが起きたときにそれを解決するのが弁護士、というイメージが強いようだった。

「でも、何で俺に？」

「木村くん、医療関係訴訟に興味あるって言ってたからさ」

もちろん、興味はある。

新人弁護士にとって、医療過誤訴訟を手掛けることはちょっとしたステイタスだ。

同期の集まりで、「今、医療過誤訴訟にかかりきりでさ」などと、一度は言ってみたいと木村も思っていた。

この事務所は病院の顧問をしているから、医療過誤に関するトラブルが持ち込まれることは珍しくなかったが、医療過誤訴訟には専門的な知識が必要なことも多いため、担当する弁護士は大体決まっている。木村のような新人に回ってくることは、これまでなかった。

「医療関係は、いつもは大体長谷《はせ》先生がメインで担当してますよね」

「あの人旦那さんがお医者さんで、X線写真とかも普通に読めるくらいだからね。でも今留学中だし」

「ああ、そっか……そうでしたね」

事務所内で一番医療の専門的知識のある弁護士が、今はいないことを思い出す。来春には帰ってくるはずだが、それまで訴訟の相手方が待ってくれるわけもなかった。

「高塚さんが担当するんですか?」

　それなら手伝わせてもらいたいな、と思って尋《たず》ねると、高塚は、「まあ、俺がやってもいいんだけどね」と、ブランドものと思《おぼ》しきカフスボタンの位置を直しながら言う。

「医療過誤訴訟って、訴える側の患者は調査とか証拠の保全とか証人の確保とか、色々大変だけど、うちは病院側だからね。資料はそろってるし、専門家の意見も聞き放題だし、今回のケースはそれほど複雑じゃないから、特殊な知識が必要ってわけでもない。勉強になるし、これまで経験のない弁護士に任せてみてもいいんじゃないかって話になってね」

「え」

それってもしかして、と期待する気持ちが湧《わ》きあがる。それと同時に、椅子《いす》から腰も浮いた。

このファイルを高塚が、木村のところへ持ってきたということは、つまり。

(俺が主任?)

やってみる? とごく気軽に発せられた問いかけに、木村は立ち上がり大きく頷《うなず》いた。

＊　＊　＊

亡くなったのは、丸岡輝美《てるみ》という女性患者だ。八十五歳だった。脳梗塞《のうこうそく》で倒れ、一年半もの間入院していた。意識が戻り、病状が落ち着いてからは、療養病棟で看護されていたのだが、看護師の手を借りて食事をしていた際に喉《のど》を詰まらせ、そのまま昏睡《こんすい》状態になって、二ヵ月後に亡くなった。

遺族側は、彼女の死について、病院側に責任があると考えているらしい。

「身内は娘さんだけなんだけど、名古屋に住んでて、担当医ときちんと話す機会もなかったみたいでね。誤嚥事故の後病院に事情を聞きに行ったときも、担当医は手が空かなくて、説明は別の医者がしたらしい。病院側の対応に、不信感を持ったんだろうね。カルテや看護記録の開示を求められて、病院もそれはもちろんちゃんと開示したそうなんだけど、これから話し合いを……って思ってたらいきなり相手方代理人から損害賠償請求の内容証明が届いて」

一週間以内に返事をしろと書いてあったが、さすがに顧問弁護士に相談してから……と、相談の日時を調整しているうちに一週間が過ぎ、今度は訴状が届いてしまった。それで慌《あわ》てた院長から電話がかかってきたのだと、高塚は説明してくれた。

「看護助手のアルバイト経験のある事務員さんに聞いたんだけど、誤嚥で亡くなる患者ってかなり多いらしいんだよね。裁判例もいろいろあるから、見てみるといいよ。何か迷うことがあったら聞いて」

じゃあ頑張ってね、とそれだけ言って、高塚はさっさと自分の仕事に戻っていく。

脚が長いなあと思いながらその後ろ姿を見送って、まだ訴状くらいしか綴じられていない、さほど厚みのないファイルを鞄《かばん》に詰めた。

初めての医療訴訟に不安はあるが、やる気のほうが勝っていた。新人には荷が重いと思ったら、高塚たちも任せたりはしないだろう。

看護記録やカルテについては、これから送ってもらうことになっているらしいが、実際に食事の介助をしていた看護師に話を聞くのが一番早い。

早速電話で病院に今から行きますと連絡し、事務所を出る。

一歩外に出て、眩《まぶ》しさと熱気に顔をしかめた。

もうそろそろ涼しくなってくれてもいい頃なのに、日差しはまだまだ、夏だ。

＊　＊　＊

笹川総合病院のロビーは、高級ホテルのような高い天井の吹き抜け構造になっていた。

自動ドアから入った正面に受付カウンターがあり、その前に待合のソファが並んでいる。

売店や喫茶スペースもあり、思っていた以上に立派な病院だった。

外来の診療時間を過ぎているからか、受付はすいている。

電話で看護師たちから話を聞きたいとは伝えてあり、直接、丸岡輝美の入院していたフロアのスタッフステーションに行って構わないとは言われていたが、やはり、受付に一言《ひとこと》声をかけたほうがいいだろうか。一瞬迷って足を止めた木村の後ろで、自動ドアが開く音がした。

「すみません」

ばたばたと木村の横を走り抜け、受付のカウンターに倒れこむように手をついたのは、四十代半《なか》ばに見える、痩《や》せた男だ。肩で息をしながら、受付の女性を呼ぶ。

「穂積《ほづみ》、浩人《ひろと》です。穂積昭子《あきこ》の息子なんですが……あの、母が救急車で運ばれたと聞いて」

「お調べしますのでお待ちください」

患者の家族らしい。

夏物の薄い上着は片方の肩がずり落ちそうで、髪も乱れ、汗だくだった。女性がコンピューターで何やら調べている間、カウンターの上で両手の指をきつく組み、眉根《まゆね》を寄せ、祈るように目を閉じている。

男は走って来たにもかかわらず青ざめて、赤の他人の目から見ても、心配になるほど張り詰めた顔をしていた。

「穂積さんですね。お母様はＩＣＵに入られています。ご家族の控え室がありますので、

「ご案内します」

丁寧に応対する、女性の声が聞こえてくる。

木村は受付に声をかけるのはやめて、直接三階のスタッフステーションへ向かうことにした。カウンターの前にある、絨毯《じゅうたん》張りの立派な階段の脇に、「入院病棟・二階・三階」と案内が出ている。

緩やかな螺旋《らせん》を描く階段を上りつつ見下ろすと、先ほどの男がエレベーターのほうへ案内されていくのが見えた。彼の母親が無事だといいな、とぼんやり思いながら、一段ずつ上る。

患者も、その家族も、祈るような気持ちでここにいるのだ。病院側の代理人として彼らに向き合うのなら、そのことを忘れてはいけない。そのうえで、望まない結果は、できる限りのことをした末の、避けられないことだったと、わかってもらわなければ――互いに理解し合うことができれば、今回の事件も解決するはずだった。

豪華な絨毯張りの階段は二階までしかなく、二階から三階へ上がる階段は、シンプルな造りのリノリウムだった。

三階に着いてすぐ目の前の壁に、「東棟三階」と、部屋の位置を示す案内板が貼ってある。スタッフステーションは、廊下をまっすぐ行ったところ、エレベーターホールの前にあるようだ。

（あ……301号室）

確か、亡くなった丸岡輝美が入院していた部屋だ。

階段から一番近いところにあるその病室のドアは、大きく開いていた。

先にスタッフステーションに声をかけてから、「現場」となった病室を見せてもらうつもりだったが、どうせ前を通るのだからと、そっと覗《のぞ》いてみる。

（あれ、個室？）

記録によれば、丸岡輝美のベッドがあったのは四人部屋だったはずだが、ベッドは一つしか見当たらない。広々とした室内にはテレビや冷蔵庫、一人がけのソファと丸テーブルの簡単な応接セットまであり、ホテルの一室のようだ。

こちらに背を向けて、窓の前に、華奢《きゃしゃ》な女性が立っていた。

どきりとして、木村が立ち去ろうとするより早く、彼女が振り返る。

「加奈《かな》？」

目が合った。

顔を見れば、驚くほど若い。

中高生くらいの少女だ。

「すみません！　間違えました」

「いいえ」

年齢に似つかわしくない落ち着いた口調と物腰で、少女が応える。

「こちらこそ、間違えてごめんなさい。ドアも開けっぱなしだったし……友達が来てくれることになっていたから」

きちんと身体ごとこちらを向いて、少し首を傾けた。

「誰かのお見舞いですか？」

静かだが、一語一語をしっかり発音する話し方。凛《りん》とした佇《たたず》まいで、一見して育ちがいいとわかる。

物怖《ものお》じせず話しかけられ、軽く一回りは年下の少女相手に、木村のほうが緊張した。

「あ、ええと……はい。あの、知っている人が、301号室に入院していたはずなんですけど」

思わず、かしこまった話し方になってしまう。

もう一度病室のプレートを確認したが、確かにここが301号室だ。

記録の誤りか、自分の思い違いだろうか。

「二ヵ月前から、この部屋には私だけですが」

「そうですよね、その人が入院していたのは大部屋だったはずですし。多分勘違いです。スタッフステーションで確認してみます」

すみませんでした、と頭を下げて歩き出そうとした木村に、

「もしかして、西棟の301じゃないかしら」

少女が言った。

「え？」

「ちょうど向かいの……あの部屋です」

窓の外を指差す。

木村が戸惑っていると、振り向いて「どうぞ」と促した。

初対面の相手の、それも明らかに未成年の少女の病室に、いくら招かれたとはいえ立ち入るのには、大人としても男としても弁護士としても、抵抗があった。しかし、それ以上拒むのも野暮に思え、「失礼します」と一声かけて彼女の横に並ぶ。

少女は髪をかなり短くしていて、心配になるほど細い首があらわになっていた。淡い水色のパジャマの上に、ゆったりとしたガウンを着ている。

「あちら側が西棟、療養病棟です。301号室はあそこ」

数メートル先に見える向かいの窓を、細い指が指し示す。病院の建物がコの字型になっていて、木村のいる部屋のちょうど向かいが、目的地であるということらしい。

「そうか、棟が違うんですね」

「はい。ここは東棟の301号室です」

今度はドアのほうを向いて、方向を指で示してくれた。

「この前の廊下をまっすぐ行くとスタッフステーションがあって、その前にエレベーターホールがあります。エレベーターの脇から連絡通路が延びていて、それを渡ると西棟です」

「すみません、やっぱり俺が間違っていたみたいです。お騒がせしました」

「いいえ」

少女はゆるりと首を横に振る。

「気にしないでください。久しぶりに、病院の外の人とおしゃべりできて楽しかったわ」

まるで、古い映画の女優のような言葉遣《づか》いだ。

肌が白く、睫毛《まつげ》が長くて、そのままスクリーンの中に出てきそうな容姿と相まって、なんだか芝居でも見ている気分になる。

こんな少女が、入院病棟という場所で、初対面の相手に対して、年齢を考えれば不自然に思えるほど落ち着いた様子でいること自体に、胸がざわついた。

大人びた仕草や表情のせいで、なんとなく、木村も大人に対するような話し方になったが、間違いなく彼女は保護者を必要とする年齢だ。

彼女の家族は、彼女のために豪華な個室や上等のパジャマを用意はしても、見舞いにはあまり来ないのだろうか。

「あ」

少女が小さく声をあげたので視線の先に目を向ける。制服を着て通学鞄を提げた女の子が、病院の入口へ向かって歩いているのが窓から見えた。

彼女の待っていた「友達」が来たらしい。

邪魔をしてはいけない。礼を言って立ち去ろうとした木村を、少女が呼び止めた。

「ここには、またいらっしゃいますか?」

ドアの前で足を止めた木村を、窓の前に立ったままじっと見て返事を待っている。

たぶん何度か、と木村が答えると、よかった、というように頷いて言った。

「きっと、ご縁があったんだと思うの。よかったら、また次もちょっとだけ、私の病室にも寄ってくださいませんか。私と、お茶を飲んでください」

言ってから、一拍置いて、少し考えるように視線を下げ、顎《あご》のあたりに手を当てる。

「非常識なお願いかしら」

「……非常識とまでは言わないけど、意外な申し出なので理由は知りたいです」

少女は顎に手を当てた姿勢のまま短い時間沈黙する。それから、答えた。

「ナンパをしてみようと思ったんです。したことがなかったから」

お茶を飲んでくださいというのは、ナンパの常套句《じょうとうく》のつもりだったのだろうか。

冗談なのか本気なのか、表情からは読み取れない。

「お見舞いに来てくれるのは友達の加奈くらいなのだけれど、彼女は紅茶はあまり飲まないの。一緒にお茶を飲める人がいてくれると嬉しいわ。ちょっとの間だけ、お友達になってくださいませんか」

不思議な少女だ。

ナンパという軽い言葉が、彼女にはいかにも不釣り合いだった。

しかし、どうやら、ふざけているわけではないらしいとわかったので、

「……お友達なら、もうちょっと、砕けた話し方でいいよ」

手本を見せるつもりで、苦笑しながら彼女に向き直った。

「俺は、木村龍一《りゅういち》と言います」

「早川由紀乃《はやかわゆきの》です」

よろしく、と、二人で笑い合う。

由紀乃は微笑《ほほえ》み方まで大人びていたが、先ほどよりは少しだけ、体温を感じる表情だった。

また顔を出すと約束し、由紀乃の病室を出る。

誰かが階段を上ってくる足音が聞こえたので、少し足を速めた。

うしろめたいことはないはずだが、無駄に誤解を招きたくはない。

(二ヵ月も入院してるのか……)

どうりで、病院内部の構造のことにまで詳しいはずだ。

廊下を曲がる前にそっと振り向くと、お下げ髪の少女が、由紀乃の病室に入っていくのが見えた。

＊　＊　＊

西棟のスタッフステーションには、若い看護師が一人だけしかいなかった。用件を告げると看護師長を呼んでくるので待つように言われ、無人のステーション前に取り残される。

医療もののドラマなどでは、看護師たちが和気あいあいとスタッフステーションで世間話をしていたりするものだが、この病院で働く看護師たちには、そんな余裕はなさそうだ。

男性の看護助手が、バケツと布のようなものをたくさん積んだカートを押して、木村の後ろを通り過ぎて行った。

手持ち無沙汰《ぶさた》で、あたりを見回す。

スタッフステーションの前にエレベーターホールがあるのは、西棟も東棟も同じだ。西棟のエレベーター前にはテーブルと椅子が置いてあり、休憩できるスペースになっていたが、そこでくつろいでいる患者や見舞客はいない。

西棟は療養病棟らしいから、そもそも人の出入りが多くないのかもしれない。

スタッフステーションの横、廊下に沿うように設置された手洗い場では、小学生くらいの子どもと、長い髪をピンク色の髪留めで一つにまとめた優しそうな若い母親が、並んで手を洗っている。見舞客は、病室に入る前に手を洗う決まりになっているようだった。

「悠太《ゆうた》、先におばあちゃんのところに行っててね。お母さんお湯汲《く》んでくるから」

そう言って母親は、備え付けのペーパータオルで手を拭くと、迷う様子もなく廊下の反対側へ歩き出し、角を曲がって見えなくなった。

悠太と呼ばれた子どもが、木村のいるほうへ歩いて来る。

スタッフステーションのすぐ横にある病室の前で足を止めると、廊下に置いてある除菌用アルコールスプレーのポンプを押し、洗ったばかりの両手をこすり合わせてから病室に入って行った。

まだ小学校三、四年生くらいだろうに、随分と慣れた様子だ。

「入室前に手指を消毒してください」という貼り紙の真上に、「301」と部屋番号のプレートがかかっているのが見えた。

今は悠太の祖母がいるらしいその部屋が、丸岡輝美の入院していた部屋らしい。

怪しまれないように、少し離れたところから301号室を覗き込んだ。

スライド式のドアは、開け放たれた状態で固定されている。由紀乃の病室にはカーペットが敷いてあったが、こちらの床はつるつるとしたリノリウムだった。四台のベッドが、左右に二台ずつ、等間隔に並んでいる。左手前と右奥の二台のベッドは空いていた。

この二台のベッドのどちらかを、丸岡輝美が使っていたのだろうか。

左奥のベッドに寝ているのが、悠太の祖母のようだ。淡いピンク色のタオルが巻かれた枕の上に、灰色の髪が広がっていた。片方の鼻腔《びくう》からは、透明の長い管が伸びている。目を閉じて動かない彼女に、悠太が、「おばあちゃん、来たよ」と話しかけているのが見えた。

そっと離れて、スタッフステーションのカウンターの前へ戻る。

なんだか、やるせないような気分になった。

あの親子も、受付で見かけた男も、いつ、「原告」になってもおかしくないのだ。

意識のない状態の家族に会いに来て、話しかけて、回復を願って――自分には祈ることくらいしかできないから、病院を頼り、信じている。その分、「裏切られた」と感じたときの失望は大きくなる。

病院には、そんな患者や家族の思いを受け止め、応えるために努力する義務がある。責任もある。人生を預かるという意味では、弁護士の仕事と少し似ている。

けれど、最善を尽くしても、救える命ばかりではないのだ。

（家族を亡くしたら、誰かを責めたくなる気持ちはわかる。医者や看護師が悪かったんじゃないかって、そう思ってしまうことは、誰にでもあるかもしれない）

逆恨《さかうら》みや思い込みだけではなく、事実、「こうしていれば助けられた」と後悔するケースもあるだろう。しかし、現場で常にすべての人間が完璧な判断をできるわけではない。どこまでそれを責められるか、法的に責任を負うものとするか――それは、遺族の気持ちとは別のところで判断されるべきだった。そのために、法はあるのだ。

（ちゃんと経緯を確認して、説明責任を果たして――傷ついている人たちをさらに傷つけることのないように、注意して）

依頼人を守ることが最優先でも、依頼人を守るために、相手を攻撃するような戦い方はふさわしくない。そんなやり方は、依頼人である病院にとっても、結局はプラスにならない。

実際に入院患者やその家族を見てしまうと、その辛《つら》さを思ってまた気持ちが揺らいだが、それは悪いことではない。そう、自分に言い聞かせる。

患者側の気持ちを知ることには、意味がある。同じことを伝えるのでも、相手のことを知った上でするのとそうでないのとでは全然違う。伝え方も伝わり方も、きっと変わってくる。

(片方だけじゃない、両方の当事者の事情を聞いて、その気持ちに寄り添うんだ。相手の立場に立って、きちんと、わかってもらえるように説明する。誠意は伝わるはずだ)

知識の不足から来る誤解が原因の争いにおいては、特に、相手の目線に合わせて説明を尽くすことが何より重要だ。病院側は、専門家であるがゆえに、専門知識のない患者や家族に理解してもらえるよう、十分な説明をできずにいたかもしれない。そして、医療の知識がないから遺族は不安を抱え、病院を疑う。

お互いに理解し合えば、歩み寄れる。

——はずだった。

＊　＊　＊

病院から戻ってきた木村に、高塚は、どうしたのか、とは訊《き》かなかった。

「意気揚々《ようよう》と出て行った割に、ずいぶんまた暗い顔になって戻って来たね」

浮き沈み激しいなあ、と、呆れるのを通り越して感心したような声で言われたが、驚いている様子もないから、こうなることは高塚の予想の範囲内だったのかもしれない。

「俺、病院側には、スタッフに話を聞きたいとしか伝えてなくて、事故の当日に丸岡さんの食事の介助をしていた看護師さんとは、シフトの関係で、今日は話ができなかったんですけど……」

「うん」

病院でもらってきた、丸岡輝美の看護記録のコピーを渡す。事故が起きた当日のページには、付箋《ふせん》を貼ってあった。

そこには、丸岡輝美が誤嚥で意識不明に陥ったときのことが、詳細に記載されている。

高塚が最初に言った通り、さほど複雑な話でもなかった。

丸岡輝美は、看護師の手から食事をしていた際、ちぎったパンを喉に詰まらせて窒息《ちっそく》し、そのまま昏睡状態になった。食事の最中に、見る間に顔色が変わり、チアノーゼを起こしていることに、介助していた看護師の中根小百合《なかねさゆり》が気づき、慌てて医師を呼んでいる。急いで異物の除去等の措置を行ったが意識は戻らず、輝美は二ヵ月後に亡くなった。

事故の直後にとったレントゲンには、気管に詰まったパンのかけらがはっきりと写っていたし、そのパンを食べさせたのが自分であることも、パンを飲み込んだ直後に輝美がチアノーゼになったことも、中根自身が認めている。

喉を詰まらせるまで、輝美はベッドの上で身を起こし、食事をすることができる状態だった。窒息、昏睡状態を引き起こしたのが、中根の食べさせたパンであったことについては、争いようがなかった。

「原告側の主張、読んだんですけど、要するに、口の中に食べ物が残っている状態でお茶を飲ませたせいで、お茶で流された食べ物が気管に入った、ってことらしいんですよね。だとしたら、それは食事介助の手順としてはやっちゃいけないことなんだそうです」

嚥下《えんげ》能力が弱まっている患者の場合は特に、一口一口が命がけだ。

喉に詰まらせないように、一口の量は少なめにするべきなのに、口の中に先に含んだ食べ物が残っていたら、一度に喉を通る量が多くなり、飲み込みにくくなってしまう。誤嚥が起きやすくなる。

食事の介助をしていた当の本人である中根は、今日は不在だったが、彼女を監督する立場にある看護師長が、一口食べさせるたびに口の中を確認する手順になっていると教えてくれた。

　中根は、事故があった日も、手順通りに口内の確認はしたと言っているそうだが、当日の看護記録には、一口食べるごとに口の中を確認したとか、水分をとらせる前に、口の中に食べ物が残っていないかどうか確かめた、というような記載はない。看護記録を開示された輝美の家族も、当然、それを知っているはずだった。

　看護師の介助を受けて食事をしていた患者が、喉を詰まらせ、昏睡状態に陥り、その二ヵ月後に呼吸不全で亡くなった。これは、証拠に裏付けられた事実だ。

　食べ物の影がはっきり写ったレントゲン写真を見て、看護記録を読んだ後、木村には、原告の主張が正当なものに思えてしまった。

「でもそれは、原告側の主張だろ。誤嚥が原因で亡くなったのは事実だとしても、それが看護師のミスによるものかどうかはわからない。口の中に食べ物があったのに確認しなかったとか、そのせいで誤嚥が起きたっていうのは、あくまで原告が立てた仮説だよ」

　高塚にとっては、木村の報告はさして意外でもなかったようだ。これくらいのことは想定内と言わんばかりに、平然と看護記録をめくっている。

「仮にミスがあったとしても、それが原因で死亡したと、裁判所が確信できるかどうかはまた別の話だしね」

　確かに、論点は、「丸岡輝美の死について、病院に責任があるかどうか」だ。

しかし、木村には、到底勝ち目があるとは思えなかった。もしも自分が裁判官だったら、きっと、丸岡輝美の死亡は看護過誤が原因であると認定する。過誤と死亡の因果関係は、誰の目にも明らかであるように思えた。

「……勝ち目、あると思います？」

ミスがあったならミスがあったで、すぐに謝罪し、話し合いで解決できればよかったのだろうが、本件はもうすでに訴訟になってしまっているのだ。

やってみなければわからないということはわかっているが、経験のある弁護士の意見を聞きたかった。高塚は医療訴訟の専門家というわけではないが、これまで何度か病院側の代理人を務めたことがあり、いつだったか、笹川総合病院の案件も担当していたはずだ。

知らないよと言われても仕方がなかったが、高塚は、看護記録に目を通し、「まだなんとも言えないけど」と前置きをした上で答えてくれた。

「勝てるかどうかはさておき、負けはしないかな、って印象。今のところね。油断できないケースではあると思うけど」

「え、これでも因果関係認定されないですか？」

「たぶんね」

意外なことに、高塚はあっさりと頷いた。看護記録を閉じて木村へ差し出す。

「総合的に見て、そこまで悲観することはないと思うよ。とはいえ裁判官の考え方もまちまちだし、判決まで行くのはリスキーだから、やっぱり和解するのがいいね。今さら裁判外では無理だろうから、ある程度裁判手続が進んだところで裁判所に心証開示してもらうといいよ。あとは、原告がどうして訴訟提起したのかを考えることかな」

両手で受け取った記録が、ずっしりと重く感じる。この記録を読み、看護師たちの話を聞いたときは、もう敗訴決定だと思っていたが、高塚がそう言うのなら、完全な負け戦《いくさ》というわけでもないのか。しかし木村には、その勝ちの目が全く見えない。

(「負けはしない」って、高塚さんが担当したら、ってことじゃ……)

それでも、やりようによってはなんとかなるということだ。自分にできるかという不安はさておき、希望がないと断言されるよりはずっといい。

第一、高塚でなければ勝てないような案件なら、木村に担当させるわけがない。

(信頼して、任せてもらってるんだから)

ファイルを持つ手に力がこもる。

「何か勝手にプレッシャー感じてるみたいだけど、そんな気負うことないよ」

表情にも出ていたらしく、高塚がやんわり言った。

「医療訴訟の経験とか知識が必要な案件じゃないって言っただろ。今回の案件はむしろ、木村くんに向いてると思うよ」

「俺向き……ですか?」

この、負け筋としか思えない医療訴訟が。

知識も経験もない上、すぐに動揺してばかりの自分に主任が務まるかすら、疑わしいと思っているのに？

そもそも、向き不向きを判断できるほど様々な事件を手掛けてきたわけでもない。いくら高塚の言葉でも、単純には喜べなかった。

どういう意味ですか、と尋ねても、高塚は、んー、とはぐらかす。

「そんな大層なことでもないよ」

教えてくれるつもりはなさそうだった。

こういうときは食い下がっても無駄だ。何でもすぐに先輩に訊くというのも情けないので、渋々《しぶしぶ》引き下がる。

恨《うら》めしい目で見ていたからか、高塚は少し苦笑して、そのうちわかるよと言った。

## 2

原告側の代理人弁護士に連絡し、話し合いの席を設けようと試みたが、第一回期日前——裁判手続が開始する前の和解交渉は拒否されてしまった。

内容証明を送ってきてからたった一週間で訴訟提起してくるほどだから、原告側が強気なのはわかっていたことだ。高塚も、裁判外での和解は無理だろうと言っていた。彼の助言に従って、何度か期日を重ねた後で再交渉をしようと、頭を切り替える。

落ち込んでいても何にもならない。先の交渉につなげるためにも、今は、訴訟の準備だ。

朝一番のアポイントメントをとって、東棟五階の会議室で院長の笹川医師に会い、状況について報告し、今後の方針について軽く打ち合わせる。丸岡輝美の担当医だったという、関口《せきぐち》という男性の医師も同席した。誤嚥事故の直後に蘇生《そせい》処置を施したのも彼だ。

事故の翌日、輝美の娘の凌子が名古屋から駆けつけて来たときは、彼はちょうど別の患者の対応をしていて、直接話ができなかったという。

笹川院長は、白髪まじりの髪を整髪剤で撫《な》でつけ、ネクタイを締めた上に白衣を着ていたが、関口は白衣ではなく、医療ドラマでよく見かける手術着のような、紺色の半袖の上着を着用している。忙しく現場をかけまわっている医師、という印象を受けた。

「看護師たちは、細心の注意を払って業務にあたっています。特に、誤嚥事故は多くて――どれだけ注意しても、防ぎきれるものではないので、ご家族にはあらかじめ説明をして、理解してもらわなければいけなかったんです。でも、今回は、それが不十分だったかもしれません。丸岡さんのご家族は他県にお住まいだったこともあって、なかなか、時間をとってもらうのも難しくて……日頃からどのように看護を行っていたのかを知っていてもらえれば、不信感を持たれることもなかったと思うんですが」

入院時にも、事故の後にも、担当医だった私がきちんと説明するべきだったんですと、神妙な顔で関口は言った。食事に伴うリスクについては、治療そのものではなく看護に関する説明だから、担当医より看護師が説明する事項であるように思えたが、彼は責任を感じているらしい。

関口先生の責任ではないでしょう、と、笹川院長が宥《なだ》めるように言った。

「院内で起こる事故や死亡のすべてについて、病院が責任を負うことはできません。まして、担当した医者や看護師個人が責任を問われるなんて、本来ありえないことです。そんなことをしていたら、皆、怖くて自分の仕事ができなくなってしまいますよ」

ただでさえ医者も看護師も不足しているのに、と、院長は苦々しい表情だ。

今回は、訴えられているのは病院で、担当医や担当看護師の責任まで追及されてはいない。それでも、自分の担当していた患者の遺族から病院が訴訟提起されたとあっては、確かに彼らも落ち着かないだろう。

「一時期、医療訴訟で患者寄りの判決が立て続けに出たことがあったでしょう。あの後、外科や産婦人科なんかの、訴訟リスクの高い分野から撤退する病院が続出したんです。無理もないですよ。病院側はもっと、こういう治療をするべきだった、って、そんな判断を裁判官がするんですよ。裁判官は医療の専門家じゃないし、医療の現場を知っているわけでもないのに。やっていられません」

憤慨した様子の院長が言うのに、同じ法律家としてなんとなく申し訳ないような気持ちで相槌《あいづち》を打った。

かつて、医療訴訟が急増した時期があったことは、木村も知っている。患者側の勝訴が大きく報道され、裁判所も証拠の偏在等に配慮して、弱者を救済しようという観点から、はっきりとした心証がとれない場合も患者側に有利な判断を下す傾向にあったと、事務所の書庫から借りてきた法律雑誌の記事で読んだ。この訴訟を任されることになってから調べたことだ。

それまでは、木村自身、医療訴訟においては圧倒的に病院が有利で、専門的知識に乏しく証拠の収集も容易でない患者側は不利であると思っていた。そして、患者側が勝訴することは稀《まれ》であると思っていた――その認識自体は間違いではないのだろうが、それをなんとなく不公平であるように、悪いことのように考えていたことが、正しかったのかどうか、わからなくなってきた。

（病院の責任が認められる場合が限定されているのは、理由あってのことなのかもしれ

ない）

ドラマなどでは、病院対遺族という構図の場合、大体は病院が悪者で、医療過誤訴訟といえば弱者を助ける弁護士が患者側で奮闘するもの、という印象だったが、考えてみれば、医療関係業務は責任が重い上、かなりのハードワークだ。

医師や看護師だって人間で、肉体的にも精神的にも限界がある。

ベッドが空いているのに、手が足りなくて入院患者を受け入れられない病院さえあるということは、木村も聞いたことがあった。

それでも少しでも多くの患者を受け入れようと頑張っている現場の人間たちが、精一杯に働いて、それでも不足を責められて、挙句《あげく》、患者や遺族から訴えられたら――その仕事を続けること自体、できなくなってしまうことだってあるだろう。

（ただでさえ患者の命を預かりプロとして責任を負っている医師や看護師たちに、法的責任まで負わせることについては、慎重にならなきゃいけないんだ）

病院側の弁護をすることになっていなければ、木村も、そんなことは考えもしなかったかもしれない。

院長は、原告である丸岡凌子をはっきりと批判するようなことはしなかったが、訴訟を起こされたことは不当であり、迷惑だと感じている様子だった。

関口も、院長と同じで看護過誤はなかった前提で話していたが、彼の場合は、訴訟を提起されたことを迷惑がるというよりは、むしろ、そうなってしまったことを残念に思い、それを防げなかったことを悔いているようだった。

誠実そうな彼に、木村は好感を持った。

もちろん、プロとして仕事をする以上、依頼人がどんなに嫌な人間でも、その利益のために最善を尽くす準備はある。しかし、守るべき相手が信頼できる人間であるなら、それにこしたことはない。

担当医や看護師は患者を思って真摯《しんし》に仕事をしていて、病院は患者のために最善を尽くしていたと裁判上主張するのなら、できれば木村自身もそう信じていたかった。


院内のスタッフに何でも聞いてくれてかまわない、と院長のお墨付きをもらい、短い会議を終えた後、エレベーターで三階へ下りて連絡通路を渡り、西棟へ向かう。

前回はシフトの関係で話ができなかった中根小百合から、当日の状況等を聴取するというのが目的だった。

スタッフステーション前のエレベーターホールで、あ、と足を止める。

反対方向から歩いてきた男に、見覚えがあった。

癖のある黒い髪と、看護疲れのせいか、こけた頬。病院に初めて来た日に、受付で見かけた男だ。母親が救急車で運ばれたと言っていた。

「こんにちは」

目が合ったので、思わず会釈《えしゃく》する。相手も会釈を返してくれたが、「誰だろう?」と顔に書いてあった。木村が一方的に見かけただけだったのだから、彼のほうがこちらを認識していなくても無理はない。

彼が今ここにいるということは、彼の母親は、少なくとも一命はとりとめたということだ。よかった。

「あ、すみません、一度院内でお見かけして……一方的に知っているだけなんです。お母さんが入院されてるんですよね」

説明すると、彼はああ、と頷いて、弱々しい笑みを浮かべる。

「おかげさまで、容体は大分落ち着きました。まだ、人工呼吸器をつけていますし、油断できない状態ではあるんですけど」

いきなり見ず知らずの相手に声をかけられたのだから、もっと警戒してもよさそうなものだが、身内が入院している者同士、という共感があるのだろう。怪しむ様子もなく応えてくれた。

積極的に騙《だま》しているわけではないのだが、木村は入院患者の見舞いに来ているわけではないので、なんとなく心苦しい。

「早く良くなるといいですね」

「ありがとうございます」

じゃあ、ともう一度会釈して通り過ぎた。

背後で、エレベーターのドアが閉まる音が聞こえる。

スタッフステーションには、今日も人は少なかったが、女性の看護師が二人、カートに紙おむつを積みあげながら、廊下で立ち話をしていた。

「今の、穂積さんの息子さんね、お母さんが来週こっちの病棟に移る予定だから下見に来たんだって」

「熱心ですよね、お見舞いも毎日みたいだし」

「お父さんも兄弟も亡くなったり家を出て行ったりで、親一人子一人らしいから。心配よねえ」

廊下が静かなので、話している声は丸聞こえだ。

(毎日……)

確かに、彼は疲れた顔をしていた。たった一人の家族なら、なおさら心配だろう。

今回の訴訟の原告である丸岡凌子と、亡くなった丸岡輝美も、確か、母一人子一人だった。他県に住んでいたのでは、毎日見舞うというわけにはいかなかっただろうが、凌子も彼と同じように、母親を案じていたはずだ。喉を詰まらせて意識不明になったと、連絡を受けたときはどんな気持ちだっただろう。そして、一番安全であるはずの病院で、事故が起きたのだと知ったときは。

会話が一区切りついた頃合いを見計らって彼女たちに声をかけ、中根小百合と話したいと伝える。中根は別の階を巡回中だった。

戻ってきたら教えてもらうよう頼み、それまでの間、301号室を見せてもらう。

丸岡輝美が、一年以上過ごした部屋だ。

今日は、見舞客の姿もない。

入って左手、入口に一番近いところにあるのが、輝美が使っていたベッドだと聞いた。今はシーツも敷かれていない。当たり前だが、かつてそこにいたはずの輝美の名残《なごり》は何もなかった。

現在使用中のベッドを見たほうが、輝美の入院していた当時の様子をイメージしやすいかもしれない。ぐるりと室内を見回した。

四床《しょう》中、埋まっているベッドは二つだけだ。輝美の使っていたベッドの隣と、向かいのベッド。

各ベッドの脇には、一台ずつ、引き出しや扉のついた棚がある。空きベッドの周辺は殺風景だったが、入院患者が使っているベッドの周辺には、写真立てや小さなぬいぐるみなど、身の回りのものが色々と置いてあった。

輝美の使っていたベッドの隣、窓際のベッドでは、この間見舞いに来ていたあの子ども――悠太の祖母が眠っている。枕カバーやクッションなど、ベッドまわりの小物は、淡いピンク色で統一されていた。彼女の好きな色なのだろう。ベッドの足側に、池田《いけだ》千枝子《えこ》、と、名札がかかっていた。

もう一つの、向かい側のベッドでは、起きているのか眠っているのかわからない、小さな老女が、口をもごもごさせながら目を閉じている。

彼女のベッドには傾斜がついていて、頭側が高くなっていた。

（ああ、ベッドの高さを調節できるのか）

空きベッドの下を覗いて、大きなバネのような機械を確認する。

ベッドの横にリモコンが掛けてあった。「高」「低」「頭側」「足側」と、四つのボタンだけがついたごくシンプルなものだ。

本を読んだり食事をしたりするときは、身を起こしやすいように、頭側だけを上げられるような仕組みになっているらしい。

（食事するときのベッドの角度とか、患者の姿勢とかによって、誤嚥するリスクも上がったり下がったりするんじゃないかな）

今度、中根に頼んで、実際に輝美が食事をしたときの手順を再現してもらおう。

できれば、実際に患者が看護師の介助で食事をとっているところを見せてもらいたいが、こちらは、そう簡単ではなさそうだ。食事の時間は決まっているが、少ないスタッフで順番に介助をするので、時間通りに始まり、終わるわけではないと聞いている。事前に許可をとった上で、余裕を持って時間をとって、出直す必要があった。第一、家族や本人に承諾を得ずに食事する様子を観察するわけにもいかないが、看護過誤訴訟を担当している弁護士だなどと名乗っては、病院の信頼に関わる。

「あのう、あなた、すみません」

どうしたものか、と考えていたら、か細い声が聞こえた。

振り向くと、向かい側のベッドの老女が、こちらを見ている。起きていたらしい。

「それ、落ちたの、拾ってくださる」

シーツの上の腕がほんのわずか持ち上がり、皺《しわ》だらけの指が床を指す。

見ると、ベージュ色のリノリウムに、オレンジ色の折り紙細工が落ちていた。吊るせるように、輪になった糸を通してある。拾い上げて差し出すと、彼女はベッドの横についた、落下防止用の柵に目を向けた。フックが掛けてある。ここから折り紙を下げて飾っていたようだ。

「掛けましょうか？」

糸は切れていなかったので、もう一度フックに掛けて形を整える。

老女は、丁寧に礼を言った。

「デイサービスの人がね、持ってきてくれたんですよ」

「そうなんですか」

「親切でしょう。あなたも親切ね」

歯があまりないせいか、少し聞き取りにくいが、話している内容はしっかりしている。

同室だった丸岡輝美が二ヵ月間寝たきりの患者だったので、なんとなく彼女もそうかと思っていたが、同じ病室に入院していても、症状の程度はまちまちのようだ。

いいえ、と会釈して、ベッドから離れようとしたところをまた呼び止められる。

「あとね、ごめんなさい、腰のところにね、枕を入れてもらってるんですけどね。ずれてしまったの。入れなおしてもらえないかしら」

「あ……ええと」

医療行為、ではないかもしれないが、さすがにそれを家族でもスタッフでもない自分がやっていいとは思えない。

老女は見るからに脆《もろ》そうで、ちょっとした拍子にぽっきりと折れてしまいそうだった。

「それは俺ではできないので、看護師さんを呼んで来ますね」

木村がスタッフステーションのほうを指さすと、彼女は困ったように眉を下げる。

「看護師さんは忙しくて、なかなか来てくれないのよ」

(あ)

特に責めるような口調ではなかったが、どきりとする。

人手が足りていないと、院長が言っていたのを思い出した。

「……たくさんの患者さんがいるから、すぐ来られないこともあるかもしれませんね。でも、ええと……廣井《ひろい》さんが呼んでいるって、伝えて来ますよ」

ベッドにかかった「廣井美津《みつ》」という名札を確認してから、できるだけ軽い調子で言って、病室を出る。

スタッフステーションへ行くと、カウンター前に先客がいる。この間、子ども連れで301号室に見舞いに来ていた女性——悠太の母親だ。

「……こんにちは」

「こんにちは」

短い挨拶《あいさつ》を交わしてすれ違う。今日は息子は一緒ではないようだ。彼女も、エレベーターホールで会った穂積浩人と同じように、疲れた顔をしていた。

彼女の対応をしていた看護師に、患者が呼んでいることを伝えると、すぐに出てきてくれる。看護師と一緒に病室に戻るのもなんとなくばつが悪くて、自分はスタッフステーションの前にとどまり、病室へ向かう看護師を見送った。やはり院内が静かなせいで、廣井さん、どうしましたー、と患者に尋ねる声も筒抜けだ。

何気なく、人気《ひとけ》のなくなったスタッフステーションを観察する。カウンターの上にある名簿が、開いたままになっていた。木村は記入を求められなかったが、見舞客は名簿に名前と面会時間を書き込むことになっているらしい。一番下に、今の時刻と、悠太の母親らしき「相沢千尋《あいざわちひろ》」と名前が書いてあった。今すれ違った、悠太の母親だろう。

枕の位置の調整はあっというまに終わったらしく、看護師はすぐに戻ってくる。

看護師と入れ違いに、洗面器を持った千尋が部屋に入っていくのが見えた。彼女が長袖を肘《ひじ》までまくりあげているのを見て、自分が手を洗っていなかったことを思い出す。千尋が帰るのを待ってから調査を再開するのなら後でもいい気がするが、今洗っておかないとまた忘れそうだ。

ナースステーションのカウンターから離れて、手洗い場へ向かった。

手洗い場には蛇口が三口もある。液体せっけんにペーパータオルも完備、「正しい手洗いの方法」というイラストつきの紙まで貼ってあり、至れり尽くせりだ。貼り紙を参考に、普段は気にしない指の間や手首まで洗った。

千尋が帰るまで、病室を見て回ることは控えたほうがいいだろうか、と考えながら、手を拭いたペーパータオルをゴミ箱に捨てる。

今日はこの後、特に急ぎの仕事は入れていないから、少しくらい待っても問題はない。しかし、彼女が来ている今は、むしろチャンスかもしれない。

長く入院している患者の家族なら、同室にいた丸岡輝美のことも知っているのではないか。

（話、聞けないかな）

病院のスタッフではなく、患者の家族と話をすることについては慎重にならなければならない。

部屋の入口で除菌用アルコールを両手に一吹きし、何と言って声をかけようか、思案しつつ301号室に入る。

千尋は洗面器をベッド脇の棚の上に置いて、ハンドタオルを絞ったもので母親の顔を拭いていた。そういえば、前に見たときも、そうしていた気がする。

鼻に挿《さ》したチューブや、それを留めているテープを避け、乾いた肌にタオルを滑らせる手つきは、優しかった。

「……そういうことって、家族の方がされるんですね」

思わず、声に出していた。

「あ、すみません。看護師さんがするものだと思っていたので……」

顔を上げた千尋に、慌てて弁明する。

千尋は少し驚いた様子だったが、木村を見て、怪しい者ではないとわかってくれたらしい。特に嫌な顔もせず、答えてくれた。

「看護師さんには、家族のできることは何でもしていいと言われているんです」

ハンドタオルを洗面器に浸して、絞る。今度は、布団から出ている左手をとって、手首から優しくさするように拭いた。

「もちろん、病院のほうでも、週に一度はお風呂に入れてもらえますし、ちゃんとお世話してもらっています。でも、熱がある日はお風呂に入れないこともあって気持ち悪いと思いますし……少しでも、何かしたいので」

木村がこの病院へ来るのはこれが二度目だ。たまたま彼女が見舞いに来る日と重なって二回連続で会えたのだと思っていたが、もしかして、毎日来てるのかな、と思い当たる。

「大変ですね……」

言ってしまった後で、はっとした。

「すみません、無神経なことを」

「いいえ」

千尋は気を悪くした風もなく、ゆるりと首を横に振って目を細める。木村のスーツの襟《えり》を見て、言った。

「弁護士さんなんですね」

(しまった、弁護士バッジ)

院長と会うときにつけて、そのままにしていた。とっさに襟に手をやってももう遅い。訴訟を提起されていることはできるだけ知らせないように、どう声をかけようかと考えていたのに、これでは秘密も何もなかった。

焦《あせ》る木村に、千尋はおっとりと——意図してはいないだろうが——追い打ちをかける。

「この部屋に入院されていた、患者さんの件ですか?」

訴訟のことも、どうやらとっくに知っていたようだ。また、空回りしてしまった。

「ご存じだったんですか」

「患者さん側の弁護士さんやご家族が、話を聞きに来られましたから」

千尋はそう言って、拭き終わった母親の左腕を布団の中にしまう。

それからベッドの反対側に回り、今度は右腕をとって、患者服の袖を少しまくった。

「食事中に喉を詰まらせて亡くなったって。でも、私はその場にはいませんでしたから、お話しできることは何もないんです。母はこの通り、意識がありませんし」

湿ったハンドタオルを開き、裏返して折り畳んで、きれいな新しい面で、左腕にしたのと同じように拭き始める。

「でも、食事されているのを何度か見たことはあります。認知症はあったそうですけど、毎回介助が必要なわけでもなくて、自分でスプーンを口に運ぶこともあったみたいです。日によって、コンディションは違ったと思いますけど」

手首から腕、その後手首に戻って手の甲。指先は一本一本、タオルで挟むようにして拭いた。

「好き嫌いがあったみたいで、パンが食べたい、パンなら食べる、と看護師さんに言っているのを聞いたこともあります。当日のことは見ていないのでわかりませんけど、看護師さんたちは、少しでも患者さんが自分から食べようとするように、患者さんの好きなものを用意したんじゃないでしょうか。食べられないと、どんどん体力が落ちてしまいますから」

両手を拭き終わると、最後に、自分の手のひらをぎゅっと押し付けるようにして痩せた指先を握る。体温を確かめているようにも見えたし、自分の手で、母親の指を温めようとしているようにも見えた。

「私も、以前は自宅で母の介護をしていたので、少しはわかるつもりです。口から食事をとれなくなると、あとはもう、どんどん悪くなってしまうんです。味わえないと、楽しみもないですし……認知症の進行にも、影響する気がします」

右腕の袖も下ろして、布団の中に入れてから、布団がかかっている胸のあたりを、ぽんぽんと子どもに対するように軽く叩く。

　自宅で介護していた頃のことを思い出しているのか、ほんのわずか、眉根を寄せた。

「飲み込む力の少ない人に食事をさせるのは大変ですし、むせてしまったりするリスクもあるんですけど、少しでも長く口から食べられるようにって……私も必死だったから、看護師さんたちも同じだろうなって思いながら見ていました。亡くなった患者さんは、まだ自分で噛《か》んだり飲み込んだりすることができたから、食べたいものがあるうちはできるだけ何でも食べてもらおうって、看護師さんたちもそう思って工夫していたんじゃないでしょうか」

　患者の家族である、つまりは「患者側」であるはずの千尋が、病院や看護師を庇《かば》うようなことを言うのは意外だった。

　一人を介護するだけでも大変だったという経験から、何人もの患者を受け持つ看護師たちの負担の重さを理解しているのかもしれない。

　彼女になら、色々と役に立つ話が聞けそうだ。

「看護や介護の現場については、実際のところをほとんど知らなくて。看護記録を、紙で読んだだけなんです。どういうペースで、どれくらいの量を口に運ぶのかとか、食事をするときの患者さんの体勢とか、そういうことを知りたいと思っていて……だから、患者さんがどんなふうに食事をしているのか、見せてもらえたらいいんですけど」

　思い切って訊いてみる。

千尋は顔を上げ、

「……お手伝いできたらよかったんですが」

と、少し眉を下げて微笑んだ。

「母は、口からの食事はできなくなってしまって。鼻から管を通しているので」

鼻に挿した管は、栄養を摂取するためのものだったらしい。

慌てて謝罪したが、千尋は「気にしないでください」と笑って首を振った。

ベッドを回って窓側へ戻り、パイプ椅子の上に置いたバッグからビニール袋を取り出して、湿ったハンドタオルを入れる。それから、棚の上に置いた洗面器に手をかけ、持ち上げる前に動きを止めた。

「母も、誤嚥が原因で入院したんです。家にいたとき、一度呼吸が止まって、救急車で運ばれて……それきり、退院できていません。何度か、意識が戻ったこともあったんですけど、ここ一ヵ月はもう、ずっと」

木村には身体の左側を向けた状態で、首だけを動かしてベッドの上の母親を見る。

「気をつけていたつもりだったんですけど。少しずつ、少しずつ食事をさせていたのに、それでもやっぱり、誤嚥は避けられませんでした。食べ物のかけらが気管に入って、それが原因で肺炎を起こしてしまって……今も、熱が上がったり下がったりです。苦しいだろうと思います」

ベッド脇の棚には、千尋と悠太と、三人で写っている写真が貼ってあった。悠太の年齢を考えても、それほど昔の写真ではないはずだ。そこに写っている千枝子は、やはり娘の千尋とどこか似ている。

ベッドの上の彼女は、千尋によって手入れされているからか、肌も髪もきちんときれいだったが、ひどく痩せた顔は、写真の中の笑顔とは重ならなかった。

「よくなって、意識が戻って、また自宅に連れて帰れたらと思いますけど、無理なんだろうなとも思っています。だったら、少しでも長く生きていてほしい、という気持ちと、治る見込みもなく苦しいばかりなら、いっそ早く楽になったほうが、母は幸せなのではないかという気持ちが、両方あって。そんなことを思っていること自体、本当は母のためじゃなく自分の勝手なんじゃないかって、罪悪感を感じることもあって」

どんな顔をして聞いたらいいのかわからない。そんな内容を、千尋は淡々と話す。もちろん、何も感じていないわけではなく、意識してそうしているのだと、木村にもわかった。悲愴に、深刻になりすぎないように、こちらに気を遣って、気をつけて話している。

「……すみません、辛い話をさせてしまって」

謝るのも失礼かもしれない。しかし、気づいたら口から出ていた。

そんな思いで母親を看護している人に、看護過誤訴訟のために病院側の立場から話を聞きたいと言うこと自体、無神経な気がした。

千尋はほんのりと微笑んで首を振る。

「こちらこそ、こんなお話をして。自分のことばかり……お仕事の参考になりませんね」

「いえ――俺は大きな病気をしたこともなくて、家族も皆健康なので、入院した家族を見舞った経験もないんです。だから、患者さんのご家族がどういう気持ちでいるのか、聞かせていただくのは助かります。丸岡さんのご遺族にも、何も知らないまま話をしたくなかったので」

正直に言った。

千尋は「誠実でいらっしゃるんですね」と、口元に浮かべた笑みを濃くする。

いたたまれなくなってうつむいた。

褒《ほ》められたからではない。

患者の気持ちもその家族の気持ちも、少し話を聞いたくらいで、本当の意味でわかるはずがないということはわかっていた。それでも少しでもわかろうとすることに意味があると思っていたけれど、まさしく「患者の家族」である千尋に、気持ちを知りたいなどと言うのはおこがましいような気がした。

木村はあくまで病院側の利益のために動く病院側の弁護士で、「患者側」からしてみれば、木村の行動はご機嫌取りにしか見えなくても仕方がない。

しかし千尋はそれを責めなかった。

「じっと聞いてくださるから、つい、話しすぎてしまいました。病気や介護の話なんて、楽しい話でもないですし、夫にも友達にも話せませんから」

少し目を伏せて言う。

静かな話し方や物腰から見ても、千尋は、もともとあまり積極的に自分から人と話すタイプではないように見えた。そんな彼女が、ほぼ初対面の自分に対して、こんなに話してくれたのは予想外だったが、なんとなく、理由はわかるような気がする。

きっと彼女も、誰かに聞いてほしかったのだ。

「大事な家族を亡くして、信じて預けたのにって、病院を訴える人がいるのはわかります。患者の家族なら皆、気持ちはわかるんじゃないでしょうか。でも、大部分の人たちがそうしないのは、自分で世話をしたって、完璧にはできないとわかっているからだと思います」

そっと洗面器を持ち上げ、木村のほうを向く。

ゆらゆらと揺れる、その水面からは、もう湯気は立っていなかった。

「実の母親だって、やっぱり、長く世話をしていれば、焦《あせ》ったり、イライラすることもあります。世話の仕方が雑になったり、強い口調で話してしまったり、そんなこともありました。すぐに後悔するけど、でも、二度と叱《しか》らないようにしようって思っても、なかなか、思い通りにはできません。あれもこれもしてあげたいけど、できることには限界があって。自分のことも、母のことも、情けなくなって。そうこうしているうちに、食べることも話すこともできなくなって、叱る必要もなくなったかわりに、喜ばせることもできなくなって」

顔だけはベッドへ向けたまま、一歩、歩き出して止まる。ちゃぷ、と、洗面器の水が小さく揺れた。

「今はもう、身体を拭いてあげることくらいしかできません。声をかけても、手を握っても、母はそれを感じているかどうかもわからないけど、何かは伝わっていると信じて続けています。自己満足かもしれませんけど」

ゆっくりと目を閉じて、開く。それから、顔を正面へ向けた。ただ、目は伏せられ、木村と視線は合わなかった。

「もっと何かしてあげられたんじゃないかって、いつも思いますけど、そのたびに、そんなことない、あれがあのときできる精一杯だったんだって、思うようにしています。そうしなければ、立っていられないから」

それじゃ、と、小さく会釈して、歩き出した彼女のために道をあける。

遠ざかる足音を聞きながら、もしかしたら、と思った。

もしかしたら、丸岡輝美の娘の凌子も、そう思ったのではないか。

母親が亡くなって、もう何もしてあげられなくなって、もっと、何かしてあげられたんじゃないかと後悔して——今、亡くなった母親のためにできる唯一のことが、病院を訴えることだと思ったのではないか。

どうして亡くなったのか、その責任がどこにあるのか、はっきりさせたい。病院に償《つぐな》わせたい。それがせめてもの、できることだと。

（もしそうなら——解決金を渡されたって、責任の所在をあやふやにしたままの和解になんて、きっと応じない）

だとしたら、自分にはいったい、何ができるのだろうか。

スタッフステーションの奥にあるカンファレンスルームを借りて、中根小百合に話を聞いた。

病院側は、過誤はなかったとしているのだから当然かもしれないが、彼女個人は特に注意を受けたり処分をされることもなく、事故のあった日から今日まで、通常通り勤務しているらしい。

まずは、事故が起きた当日のことを一通り聞き終え、メモをとる。

ベッドの上で身体を起こした丸岡輝美に、小さくちぎったパンや、スープを一口分ずつスプーンで口に運んだ。輝美が自分でスプーンやパンを持ち、食べることもあったが、うまく手が動かなかったり、食べるのに飽きてスプーンを置いてしまうこともあったので、半分以上は中根が食べさせていた。飲み込んだら次の一口、と時間をかけて食事をさせ、ときどきお茶を飲ませていたが、食事中にむせてしまったので背中をさすった。気管に入ったと思われるパンを吐き出させたり、吸引器具で吸い出したりしようとしたが、唇《くちびる》や顔の色が変わってきたのを見て、急ぎ医師を呼んだ。

誤嚥事故から昏睡に至る経緯は、看護記録や訴状で確認した内容とおおむね一致していた。

# 3

ただ、彼女は、食事の介助の際には十分な注意を払っていた、と、何度も念を押した。

「脳梗塞なんかで顔が麻痺《まひ》してる患者さんはもちろん、そうでなくても、高齢だと喉の筋肉が衰えて、食べ物を嚙んで飲み込む力が低下している人が多くて。事故も多いから、食事の介助の際はとても気をつけているんです」

丸岡輝美も、脳梗塞で入院していた。彼女の場合、若干《じゃっかん》の麻痺はあったが、口からの食事が可能な程度で、事故の二週間ほど前からは、食べたいもののリクエストをすることもあったそうだ。入院前に近い形で食事ができるようになり始めて、気が緩んだときの事故だったのかもしれない。

「そういう患者さんたちだと、食べ物も特別なものですよね？」

「患者さんの嚥下能力に合わせて用意するんですけど、一口で食べられるようにした刻み食とか、ミキサー食とかですね。豆類とかお芋《いも》なんかを潰《つぶ》してきんとんにしたものとか……あとは、お豆腐とか。丸岡さんの場合は、症状が軽くて、ある程度は咀嚼《そしゃく》もできていたので、希望があればなるべくそれに沿ったものを出すようにしていましたけど」

豆腐や、ミキサー食が、喉に詰まるものなのか。木村にはピンとこなかったが、餅《もち》等の固形物が気管をふさいで窒息状態に陥ることに限らず、気管に食べ物や異物が入り込んでしまうことを誤嚥と呼ぶのだと、中根が教えてくれた。

「お正月にお餅を詰まらせた、とか、そういう事故、よくありますよね。それは、お年寄りが、自分の喉の筋力の衰えを自覚しないで、一気に食べてしまったときに起きるんです。病院では、食べ物を細かくして、少しずつゆっくり食べてもらうので、そういうことは起きません。でも、柔らかい食べ物を少しずつ口に運んでも、誤嚥してしまうことはあるんです。看護する側がどんなに注意しても、どうにもなりません」

口の中に入ってしまったら、それを飲み込むのは患者自身だ。口から喉を通るときに気管に入ってしまうことについては、看護師にも医師にも防ぎようがない。

元気な人ならば、気管に異物が入っても咳をして吐き出すことができるが、体力の衰えた病人や高齢者にはそれができないこともあるだろう。

異物についていた細菌が肺炎を引き起こすことも決して珍しくなく、少量の液体や食べ物のかけらでも、気管に入り込めば命とりになることもあるのだと、中根は難しい顔で説明する。

「食事のお世話は、ご家族がしてもいいんですけど、やっぱり誤嚥が怖いから看護師さんにお願いしたい、って求められることも多くて。ご家族の見ている前で食事を手伝うこともありました。横に吸引の器具を置いていますけど、気管に入ってしまったら、吸い出すのは難しいんです。一口ずつ口に運んで、口の中に食べ物が残っていないか覗き込んで確かめてから次の一口を食べさせて、むせてしまったら手を止めて背中をさすって……それくらいしかできません。一回の食事に一時間くらいかかることもあります」

「それは……大変ですね」

笹川総合病院の入院患者数に対する看護師の人数は、確か、十三対一だったはずだ。アルバイトの看護助手は含まない比率だろうが、それでも、毎食、一人の患者に一時間かけていては、それだけで一日が終わってしまう。

食事に一時間かかる患者さんばかりというわけではないですけど、と中根は眉を下げた。

「ほかにも、シーツを替えたりおむつを替えたり、床ずれ防止のために患者さんの体勢を変えたりとか……休む暇は全然ありません。一人一人、丁寧に対応してあげたいけど、理想の看護をしていたら、全員の面倒は見られなくなってしまうんです」

呼んでもすぐには来てくれないと、困った顔をしていた廣井美津のことを思い出した。人気のないスタッフステーションと、常に忙しそうに動き回っていた看護師たちのことも。

「意識がはっきりしている患者さんだと、あれをして、これをしてって、要求されることもあります。別に、看護師をこき使うとか、そういう感じじゃないんですよ。丁寧にお願いされるんですけど、それでも、全部を聞いてあげられるわけじゃなくて」

木村は相槌の代わりに頷く。

中根は視線をテーブルに落として、続けた。

「おしっこをして気持ちが悪いからおむつを替えてもらえませんかって、申し訳なさそうに頼まれたら、そりゃ、すぐ替えてあげたいです。でも、患者さんはたくさんいて、決められた時間に全員分の食事介助やおむつ替えをしなきゃいけなくて……もともと手が足りてないから、我慢してもらってるのは皆さん同じなんです。それなら順番にしていかないと、何も言わない患者さんばかりが後回しになってしまうから」

患者からも、その家族からも、要求は多いだろう。彼らも、望まずして、自分たちでは何もできない状況に置かれているのだから、それ自体は仕方がない。しかし、それらすべてに、すぐに応えることはできない。現場の実態を知らない人間が、それを怠慢《たいまん》だと詰《なじ》るのは浅はかだ。

木村自身、病院側の弁護を担当することになるまで、何もわかっていなかった。仮にも法律家なのにと、自分の不明を恥じる。

中根は、白衣のスカートの上で両手を握り、何かに耐えるように眉を寄せていた。

「してあげたい気持ちはあるけどできなくて、それでストレスが溜《た》まって、できていないことを患者さんやご家族に指摘されたり文句を言われたりするとそれもストレスになって、現場の空気も悪くなって。看護師同士の口論なんかも起きて……それで、辞めてしまう人も少なくありません。この病院はずいぶん環境がいいほうですけど、私が前にいた病院を辞めてここに来たのも、同じような理由です」

そこまで言った後、少しの間、彼女は黙った。

それから目を閉じて深呼吸をして、立ち上がる。

「すみません、ただの愚痴《ぐち》になってしまって……あの、もういいでしょうか」

気がつけば、三十分ほどが経っていた。忙しい彼女を、長く引き止めてしまったことを詫《わ》びて送り出す。

話しているときは辛《つら》そうだったが、カンファレンスルームを出るとき、彼女が少しだけすっきりした様子だったのが救いだった。自分の看護に過誤があったと言われて訴訟を提起されて、ストレスを感じていなかったはずがない。これまで、それを言葉にして吐き出す機会もなかったのだろう。

（きっと、落ち込んだり休んだりする暇もなかったんだ）

患者や、その家族には関係のないことだとわかっているから、誰も、彼らに「自分たちも大変なんだ」とは言わない。責任の重い大変な仕事なんだから失敗をしても大目に見てくれと、裁判で主張するわけにもいかない。

それでも、忘れてはいけない現実だった。

医療訴訟において、患者は弱者で病院は強者だと、当たり前のように思っていた。それは木村だけではないだろう。だからこそ、「被害者救済」「弱者救済」のためと、マスコミや、世論、裁判所に至るまで、患者側に偏重した判断をする時期があったのだ。

しかし、「患者対病院」の病院側にいるのも、つまりは一人一人の人間なのだと、改めて思い知る。

木村が少し遅れてカンファレンスルームから出ると、スタッフステーションは無人だった。誰もいない空間で、何に使うかわからない機械のランプが定期的に点滅し、小さな電子音を鳴らしていた。

事務所に戻る前に、東棟301号室——由紀乃の病室に寄ってみることにした。

千尋や穂積が毎日のように意識のない母親を見舞っているのを見た後で、広い個室でぽつんと一人でいた由紀乃のことが気になったのだ。

（……また来てほしいって、言ってたけど）

少女の気まぐれを真に受けて顔を出して、迷惑そうにされたらどうしよう。病室の前まで来て、急に不安が湧いた。何せ、十代の女の子だ。気分なんて、その日の天気で変わるような年頃だ。

内心ドキドキしながら、開いたままのドアをノックする。

木村が声をかけ、顔を覗かせると、窓辺に立っていた由紀乃が振り返った。

「木村さん。本当に来てくれたんですね」

微笑んで迎えられ、安堵《あんど》する。

どうぞ、と入室を促《うなが》されたが、彼女自身は窓のそばに立ったままだ。

病室に足を踏み入れ、近づいた。

「仕事の帰りで、お見舞いも何も持ってきてないけど……」

「いいんです。何もいらないわ」

来てくれてありがとうと、礼儀正しく言った後で視線を窓の外へと戻し、

「さっきまで、友達が来てくれていたの。ほら、あの子」

細い指先で、駐車場を横切る制服姿の少女の背中を示す。

その少女のお下げ髪に、見覚えがあった。確かこの間も、見舞いに来ていた。何やら黒い四角いケースを、通学鞄と反対側の手に提げている。

由紀乃は友達を見送るために、窓辺にいたようだ。そういえば前に来たときも彼女は窓辺にいて、友人が来るのを待っていた。

「前にも俺と入れ違いになった子だね」

「学校の帰りによく寄ってくれるの」

「そうなんだ、いいね」

彼女を見舞う人間が、少なくとも一人はいるということだ。

簡易な応接セットのテーブルの上に、本が二冊重ねて置いてある。前に来たときはなかったものだ。見舞いに来た少女が持ってきたのだろう。二冊とも背表紙に、図書館のシールが貼ってあった。

「音楽の本？」

表紙にヴァイオリンが描かれていたので、何気なく尋ねる。

「ヴァイオリニストの伝記よ。加奈が——さっきの子が持ってきてくれたの」

由紀乃は頷いて窓から離れ、テーブルの上の本を手にとった。一人掛けのソファに腰を下ろし、木村にも向かいのソファに座るよう勧める。

「音楽が好きなんだ」

「ええ」

そういえば、あの少女が持っていたのも、楽器のケースのようだった。

ふと見ると、病室の棚の上にも、あの少女が持っていたのとよく似た黒いケースが置いてある。

「あれは、楽器？」

「そう。フルートよ」

由紀乃が立ち上がって手を伸ばし、棚からケースを下ろした。

木村のところまで持ってきて、蓋《ふた》を開けて見せてくれる。

銀色の筒状のものが三本、ケースのくぼみにきちんと嵌《は》め込まれて収納されていた。

演奏している様子をテレビ等で観ることはあったが、こうして分解されてしまわれているところを見るのは初めてだ。

「病室では吹けないけど、お守り代わりに持ってきたの。母の形見だから」

由紀乃の指が、銀色に光る丸いキィを大切そうにそっと撫でた。

どきりとしたのを気づかれないように、そうなんだ、と何気ない風を装って応える。

「さっきの女の子も楽器を持ってたみたいだけど、あれもフルート？」

「そうよ。私より後に始めたのだけど、すぐに夢中になって。才能があるみたい、上達も速いわ」

ケースの蓋を閉め、ぱちんと音をたてて留め金をかける。

「CDじゃない生の演奏を聴きたくなって、さっき、中庭で少し吹いてもらったのよ。もちろん、病院にお願いして許可をもらって」

「そうなんだ、聴いてみたかったな」

「今度は土曜日に来るわ」

「俺も聴かせてもらっていいの？」

「観客は多いほうがいいもの。加奈は恥ずかしがりそうだけど、大丈夫よ」

同級生というよりは、妹のことを話す姉のような様子で、由紀乃は加奈というそのクラスメイトのことを話した。大人びた口調や物腰は変わらなかったが、表情や言葉の端々から、その友達のことがとても好きだという気持ちが伝わってくる。

由紀乃の佇まいや言葉遣いは上品すぎて、同年代の少女たちの中では浮いてしまうのではないかと勝手に心配していたのだが、この様子なら考えすぎだったようだ。一人でも、互いを思い合える友人がいるのならきっと大丈夫だ。

どこか他人行儀な——他人も他人、知り合ったばかりの関係だが——穏やかだが探り合うような会話が途切れて、短い沈黙が落ちた後、

「木村さん、どうして来てくれたの？」

由紀乃が、木村に向き直って尋ねた。

「ナンパされたから、かな？」

「ナンパされてくれた理由を聞きたいの。あまり上手じゃなかったでしょう」

ナンパが、という意味だろうか。確かに慣れた風ではなかったが、気にするところはそこなのか。技術云々《うんぬん》という以前に、TPOに問題がありすぎだ。

およそナンパという行為のイメージからは遠いところにいる彼女の口からその言葉が出たときは面食らったが、不快に感じなかったのは、彼女が真剣らしいということがわかったからだ。

だからといって応じる必要もなかったのだろうが、何故《なぜ》だろう、あのときは、気づけば首を縦に振っていた。そして現に今日、彼女を訪ねてここへ来てしまっている。

「……気になって」

嘘《うそ》ではないが、言葉を選んで答える。

興味が湧いた、というのもあるが、有体《ありてい》に言えば、同情した、というのが本当のところだ。

まだ子どもなのに入院していることに、広い病室に一人でぽつんといたことに、年齢の割に過剰に丁寧な、芝居がかっているとさえ言える話し方を、まるでバリアでも張るかのように身につけていることに。その背景を想像して、同情したのだと思う。

通りすがりの大人、である自分に、友達になってほしいと声をかけるほど孤独なのかと思ったら——実際は、一人でも見舞いに来てくれる友人はいるらしいとわかったわけだが——見ず知らずの相手でも、彼女の慰《なぐさ》めになれるのならと、使命感のようなものが湧いた。どうせ病院には用があるのだ、仕事帰りに少し寄るくらい、大した負担でもない。

そのまま伝えてしまうにはいささか失礼な動機だったが、なんとなく、由紀乃には気づかれているような気がした。ごまかすように、質問を返す。

「由紀乃ちゃんは、どうして俺をナンパしたの？　得意じゃないのに」

「ちょっと冒険してみたのよ。入院している間だけのことだし、一期一会《いちごいちえ》だと思って」

やはり、このくらいの年の女の子にしては妙に古風な言葉遣いだ。整った顔立ちや大人っぽい表情と相まって、同年代から見れば近寄り難いと遠巻きにされるか憧れられるかだろうが、木村からすればそれもどこか可愛《かわい》らしい。

「ナンパなら、普通はもっと年の近い……たとえばクラスの男の子でもよかったんじゃないのかな」

「それはその男子がかわいそうだと思ったの。私も困るし」

失礼かもしれないけれど、と、少しだけ申し訳なさそうに言って由紀乃は首を傾ける。

確かに、と納得した。

こんな綺麗な少女に声をかけられ、お友達になりましょうなどと言われた日には、同年代の男子生徒など舞い上がってしまうだろう。しかし彼女はナンパがしてみたかっただけ、もしくは友達が欲しかっただけで、彼氏が欲しいわけではない。相手に特別の興味があるわけではないのに、勘違いをさせてしまっては、双方にとって不幸になる。

大人なら、少女らしい気まぐれに本気になることもなく、笑ってつきあってくれると思った、ということらしい。

「俺が悪い奴だったら大変だったよ」

「そんな風には見えなかったもの」

由紀乃は小さく笑い、自分の首もと、鎖骨のあたりをとんとん、と指先で叩いて言う。

「木村さん、弁護士だったのね」

彼女が弁護士バッジのことを言っているのだと気づき、はっとして左の襟に手をやる。

先ほど千尋に指摘され、外そうと思ったのにまた忘れていた。

慌てて留め金のネジを回す木村に、由紀乃は微笑んで手を伸ばす。

「外さなくてもいいのに。見せてもらえる?」

言われるまま、ひまわりの花を模した金色のバッジを白い手のひらの上にのせた。

由紀乃はころり、と人差し指の先でバッジを裏返し、興味深げに観察している。

「療養病棟で亡くなった患者さんが、訴訟を起こしたって聞いたわ。そのことで病院に?」

「よく知ってるね」

「こう見えて、情報通なのよ。お庭や休憩室へ行けば患者同士話をすることもあるし、私は長く個室にいるから、看護師さんが気を遣って、色々話を聞かせてくれるし」

バッジから目をあげ、座ったままで窓のほうへ顔を向けた。

「その患者さんが入院していたのが、あそこの部屋ね。このあいだ、木村さんが行こうとしていた、西棟の301号室」

左の手のひらから、四本の指で丁寧にバッジを持ち上げて木村に差し出し、

「棟が違うから、参考になるような話はできないかもしれないけど、私のわかることなら話すわ。いつでも」

木村の目を見て言う。

「だから、また来てくれたら嬉しいわ」

姿勢よく、真っ直ぐにこちらを向いて、堂々とした態度でいるのに、それに反して自信のない物言いだ。

いつもそうなのだろうか。不安を隠して、背筋を伸ばしているのか。

受けとったバッジには、かすかに彼女の体温が移っていた。木村はそれを襟には留めず、スーツの内ポケットに入れて、目の前の少女へ視線を戻した。

そういえば、由紀乃は千尋と少し似ている。見た目ではなく、感情をおさえて穏やかに話すところが。

家族が病気であったり、自分自身が病気であったり、本当ならば穏やかではいられないような事情を抱えていて、けれどそれを他人に悟られないように、暗い部分を感じさせないように——強く、美しくあろうとしている姿勢が健気《けなげ》で、いじらしく思えて、

「そんなのなくても来るよ」

友達になったんだから、と、気がつけば口から出ていた。

由紀乃が、大きな目を見開いて、それからゆっくりと瞬《まばた》きをする。黒々とした睫毛が、蝶《ちょう》の羽ばたきのように上下した。

その表情に、我に返る。自分は酷《ひど》く臆面《おくめん》のないことを言ったのではないか。

十代の少女相手に、と顔が熱くなったが、木村が言い訳を思いつくより先に、由紀乃が「ありがとう」と笑った。

初めて見た、年相応の少女らしい笑顔だった。

# 4

　土曜日の朝、約束通り由紀乃を訪ねた。彼女は喜んでくれた。友人には、メールであらかじめ連絡をして、了解を得てくれているらしい。

　フルートを携えた友人が到着するのを待つ間、彼女の淹《い》れてくれた紅茶を一緒に飲みながら、病室で話をした。

　大人っぽい外見から、高校生かと思っていたのだが、由紀乃は十四歳の中学二年生だった。家族が見舞いに来ている気配がなかったので薄々そうではないかと思っていたが、両親とは数年前に死別したそうだ。

　彼女は富豪の娘というわけではなかったが、しっかり者の両親は娘のために貯金をしていたし、生命保険にも入っていた。両親の両親から受け継がれた遺産も含め、由紀乃が相続した財産は、彼女が大学を卒業するまでに必要な学費や生活費は十分賄《まかな》える額だった。

　両親を亡くし、叔母が後見人だが、叔母は結婚して福岡に住んでいるため、両親の残した家に、両親の代から住み込んでいる家政婦と二人で暮らしていたのだという。

　しかしそれも、彼女が入院するまでの話だ。

　家政婦は由紀乃が退院するまでの間、関西にある息子夫婦の家に身を寄せていて、そう簡単に見舞いにも来られない。

そうして由紀乃は今は豪華な個室で一人、昼も夜も過ごしているというわけだった。

「もうそろそろ、加奈が来るはずよ」

話が一段落ついて、由紀乃はソファから立ち上がり、窓辺へ寄る。

初めて会ったときも、その次に会ったときも、彼女は窓辺にいたなと思い出しながら、木村も隣に並んだ。

「人を待っているときじゃなくても、よく外を見るの。私のお客様じゃなくても、見舞客とか、新しい患者さんとか、人が動いているのを見るのは楽しいわ」

木村の思いを見透かしたかのように、由紀乃は口を開いた。

「西棟の病室も見えるわ。あの人、今日もお見舞いに来ているな、とか……ずっとカーテンが閉じている、容体が良くないのかしら、とか」

目は窓の外へ向けたまま、そっと手のひらを窓ガラスに添えるようにして、顔を近づける。

「そういえば、お向かいの病室の患者さん、窓際のベッドの人。いつも、女の人が男の子を連れてお見舞いにいらしてて、よく見ていたのだけど……急に容体が変わったみたい」

千尋の母親のことだと気づいて、はっとした。

向かいの病室を見てみると、確かに、窓際のベッドは空いているようだ。

「それで、その患者さんは……？」

「HCUに入られたって聞いたわ。よくなるといいのだけど」

聞き慣れない言葉に戸惑っていると、高度治療室のことだと教えてくれた。つまり千尋の母親は、一般病棟ではできないような、厳密な管理や治療が必要な状態に陥ったということだ。

「高齢の患者さんは特に、何もなくても、容体が急変することは珍しくないの。今回は、事故とかそういうことじゃないみたいだから、木村さんのお仕事には関係がないと思うわ」

「……そうだね」

こんなことは、日常茶飯事なのだろう。入院患者は、入院するだけの理由があってここにいるのだ。

由紀乃も含め。

「ああ、加奈だわ」

由紀乃の声が、ほんのわずか、明るくなった。

見下ろせば、楽器のケースを抱えた、今日は私服姿の加奈が、急ぎ足に歩いている。駐車場の半ばでこちらに気づいたらしく、病室の窓を見あげて手を振った。

由紀乃も、小さく手を振り返す。

「今日は、由紀乃ちゃんは吹かないの？」

「ええ、無理はしないようにしているの。大丈夫だと思うけど、念のためにね」

棚の上に置いたままの黒いケースに目をやり、視線を窓の外の加奈へと戻した。

「加奈と一緒に演奏したいけど、退院するまで楽しみにとっておくわ」

楽器の演奏が大きな負担になるほど弱っているというよりは、大事をとって、ということのようだが、由紀乃が、自分の病状に触れるのは初めてだった。

由紀乃の身体の薄さや細さが、急に怖くなる。

病院というのは、そういう場所だった。忘れそうになっていた。

由紀乃は色々な話をしてくれたが、彼女の病名だけは訊けなかった。


ささやかな演奏会が終わり、少女たちとは庭で別れた。

今日は、病院側にアポイントメントをとっていなかったし、西棟に寄るつもりもなかったのだが、千尋のことが気になって、病室を覗いてみる。この間まで埋まっていたベッドが空いて、３０１号室の入院患者は一人だけになっていた。もちろん、千尋の姿もない。

（ＨＣＵ……）

エレベーターの表示を見て、四階へあがる。四階は、ＩＣＵとＨＣＵだけのフロアらしかった。

エレベーターを下りたところに、透明な扉があり、その脇に除菌用のアルコールスプレーが設置してある。ドアノブがない、と思ったら、足でレバーを踏んで開けるシステムになっているようだ。極力、外部から細菌を持ち込まないようにするための配慮なのだろう。

透明な扉の向こうには、透明な壁とカーテンで区切られたベッドが並んでいる。

木村の位置から見えるベッドは二つだけだったが、その一つに、千尋の母親――池田千枝子が寝ていた。仰々《ぎょうぎょう》しい機械に囲まれ、301号室で見たときよりももっと小さく見える。千尋はいないようだった。

その隣のベッドにも、老婦人が横になっていて、そのそばには穂積浩人が立っていた。千枝子よりもさらに高齢に見える、その女性が、穂積の母親なのだろう。短く切られた真っ白な髪は、少し不揃いだった。寝たきりなら、美容院にも行けないだろうから、もしかしたら、穂積が切ったのかもしれない。

今週療養病棟に移ることになっていると聞いていたが、容体が変わったのだろうか。

彼は母親の手を握り、何事か、一生懸命に声をかけているようだった。

「大丈夫」と「頑張って」という言葉だけがかろうじて、唇《くちびる》の動きから読み取れる。

必死に母親の回復を願って、しかし、声をかけることくらいしかできずにもどかしそうにしている、その様子をしばらく見守った。

看護師が浩人に近づき、彼が顔を上げる。入口の前に立っている木村にも気づいたらしく、透明の扉ごしに目が合った。

会釈だけして、背を向ける。皆が瀬戸際で戦っている場所に、足を踏み入れることはできなかった。

患者も、患者の家族も、医療関係者たちも、それぞれが真剣で、精一杯だ。

どんなに心を込めた祈りでも、届かないことはある。ここは、そういう場所なのだ。

＊　＊　＊

意外な場所で、穂積浩人を見かけた。

HCUで母親に付き添う彼を見た、数日後だ。

彼は、家庭裁判所のロビーにいた。

大判の封筒を手にしているところを見ると、何かの書類を窓口でもらってきた帰りのようだ。

（お母さん、亡くなったのかな）

HCUでの様子が印象に残っていて、彼が裁判所にいる理由として真っ先に頭に浮かんだのは、相続関係だった。

しかし、冷静になってみれば、そうとも限らない。入院中の母親の財産を、母親のために使えるように、家族などが本人の代わりに財産管理をできるようにする成年後見の手続きをしに来たのかもしれないし、母親とは全く関係のないことで来たのかもしれない。

話しかけようかと一瞬考えて、思いとどまった。大抵の場合、裁判所へ来る目的や用件は、楽しいものではない。こんな場所で話しかけられても、浩人も戸惑うだけだろう。第一、何度か挨拶を交わした程度の木村のことを、彼が覚えているかどうかも疑わしい。

病院で母親に付き添っていた浩人は、張りつめた様子だったが、今は疲れた顔でぼんやりと手元を見ている。少しの間、そのままの姿勢でロビーの長椅子に座っていたが、ふいに何かに反応して、上着の胸に手を当てた。

内ポケットから携帯電話を取り出しながら立ち上がり、足早に歩き出す。仕事の電話らしく、期日だか納期だかの話をしているのが漏《も》れ聞こえた。

(忙しそうだな)

入院している患者にとっては、病院の中が生活のすべてで、見舞いに来てくれる家族や友人がいなければ、外の世界に触れることもできない。

しかし、その家族や友人にも仕事や生活がある。入院している相手のことがどんなに大事でも、四六時中そばについていることなどできるはずもなかった。病院に足を運ぶだけでも、毎日となれば結構な負担だ。

声が届いているのかもわからない母親を、ただ励まして、自分自身にも言い聞かせるように、大丈夫だと言葉を重ねていた。それでも、彼の——彼らの顔には、隠しきれない疲れが滲《にじ》んでいる。
浩人の背中は自動ドアに呑まれて、すぐに見えなくなった。

＊　＊　＊

家庭裁判所で浩人を見かけてから数日後、丸岡輝美の担当医師である関口から事情を聴取した帰りに、西棟の301号室を覗いてみた。

最後に見たときには一つしか埋まっていなかったベッドだが、三つが埋まり、空いているのは丸岡輝美が使っていた入口側のベッド一つだけになっている。

空きベッドの向かいの、折り紙の飾られたベッドの老女——廣井美津は、今日は眠っているようで、話しかけてはこなかった。小声でこんにちは、と挨拶をして病室に入る。

彼女の隣の、右奥のベッドのそばに、浩人が立っていた。彼の母親は、無事HCUから一般の病棟へ移れたようだ。浩人は腰をかがめ、母親の手を握って、しきりに声をかけている。

木村が近づくと、顔をあげて、「このあいだの」と会釈した。彼も、今度は顔を覚えていてくれたらしい。

「あなたもご家族のお見舞いですか?」

「ああ、いえ……友人が入院していて。この病室じゃないんですが」

嘘ではない。主たる目的は仕事だが、この後由紀乃のことも見舞うつもりだった。

若干の罪悪感を感じないこともなかったが、病院側の弁護士としては、患者の家族に不必要に警戒心を抱かせるようなことは避けたい。今日はちゃんと、弁護士バッジは外して来ていた。

丸岡輝美と同室に母親が入院していた千尋とは違い、浩人はおそらく、訴訟のことは何も知らない。

浩人は木村がここにいる理由について特に追及する気もないらしく、そうですかと頷いただけだった。木村の視線を受けて親の手を握ったままだったことに気づいたのか、照れくさそうに手を放す。

「声をかけるといいと聞いて……」

ベッドから半歩離れて、パイプ椅子を引き寄せて座った。

「うちは両親が物心つく前に離婚して、母子家庭だったんです。兄がいるんですが、もう何年も連絡もなくて。母と二人暮らしが長かったので、こうなってしまうと、辛いですね」

そっと浩人の左手に目をやる。薬指に指輪はなかった。

「入院されるまでは、ご自宅で介護をされていたんですか？」

「ええ、訪問看護の方に来ていただいたりしながら。小さな会社を経営しておりまして、比較的時間の自由がきくので……その分、仕事があるときは朝も夜もないですけど」

「ああ、それで」

平日でも病院に来ていたり、午前中に家庭裁判所にいたりしたのは、定時のない仕事だったかららしい。

「お忙しそうだなと思ってたんです。この間、裁判所でお見かけしたんですが、そのときも……」

木村が言いかけたとき、浩人の顔色が目に見えて変わった。

（え？）

表情が強張《こわば》り、それを誤魔化せないまま視線を泳がせている。

理由はわからない。しかし、何気なく口に出した言葉が、彼を動揺させたことは明らかだった。

不用意だった、と反省する。裁判所に用事があるということ自体、人には知られたくないと思って当然だ。木村にとってはよくあることでも、普通の人にとってはそうではない。

取り繕《つくろ》う言葉を探していると、どこかで携帯電話のバイブレーション音が鳴った。

一瞬、自分の携帯電話かと思ったが、どこからも振動は感じない。浩人の携帯電話らしい。

上着のポケットを気にするそぶりを見せながら、彼は電話をとろうとはしなかった。

しかし、電話が鳴ったのがきっかけで、少し落ち着きを取り戻したようだ。

「実は、仕事の関係で、少し揉《も》めていて……すみません」

「いえ、こちらこそすみません、立ち入ったことを」

先に頭を下げられてしまい、慌てて謝罪する。

電話のことを言ったのか、先の裁判所でのことを言ったのか、判然としなかったが、彼がそのことを話したがっていないのは明らかだったので、追及はしないでおいた。とっさに相続を連想してしまったせいで、当然のように家庭裁判所に来ていたのだと思っていたが、家庭裁判所と簡易裁判所は同じ建物だ。家庭裁判所ではなく、簡易裁判所のほうに用があったのかもしれない。

いずれにしろ、母親の入院に、仕事のトラブルまで重なっては、気持ちの安まるときがないだろう。

一度切れた浩人の携帯電話が、しばらくしてまた震え出した。彼はあきらめたように溜息《ためいき》をつき、胸のポケットに手をやる。

「すみません。私はこれで」

木村に挨拶をすると、部屋を出る前にもう一度母親に向き直った。その耳元に顔を近づけて、ゆっくり、しみ込ませるように声をかける。

「母さん、それじゃ、また来るよ。明日また来るからね、明日だよ」

だからそれまで生きていてくれ、と言っているように聞こえた。

もう一度だけ木村に会釈をすると、上着から携帯電話を取り出して歩き出す。病室から一歩出ると同時に、耳にあてて話し始めた。はい、穂積です、と、院内であることを気にした、抑え目な声が聞こえる。

「あと少し待ってください。関係書類をお見せして説明しますので……ええ、確実です。もうあと二、三ヵ月だけ待っていただければ……」

エレベーターホールは通話可となっていたはずだが、浩人はエレベーターを使わず、階段で下りて行ったらしい。

声は次第に遠くなり、聞こえなくなった。

「お友達？」

浩人が去ってしんとしていた部屋で、突然、声が聞こえてびくりとする。

入口側のベッドの上から、美津が、こちらを見ていた。細い目が皺に埋もれて、ぱっと見ただけでは起きているのか寝ているのかわからなかったが、いつのまにか目を覚ましていたらしい。それとも、眠っていると思ったのが間違いだったのか。

「孝行息子でね、毎日来てますよ。今の人ね」

「……そうなんですね」

「でもあれは、親離れできてないのかもねえ。お願いだから頑張ってくれ、なんてね、いつも声をかけてますよ。置いて行かれたくないって必死なのね」

お母さんも、もう疲れただろうにねえ。そう言って、美津は同意を求めるように木村を見る。

何と答えていいかわからなかった。

のんびりとした、世間話をするような口調で告げられた一言が、ずしりと胸に沈む。特に返事を求めているわけではなかったのか、美津は言うだけ言って、目と口を閉じてしまった。

少しの間、彼女を見つめたまま立ち尽くしていたが、美津はそれきり何も言わない。眠ってしまったのかな、と思い始めたとき、病室の入口に誰かが立った。

目を向ける。千尋だった。

「弁護士さん」

「木村です。こんにちは」

千尋を見て、ようやく気が付く。浩人の母親、穂積昭子のベッドの向かい、左奥の窓際のベッドに寝ている患者には見覚えがあった。以前にもあのベッドを使っていた、千尋の母親、池田千枝子だ。

「お母さん、HCUに入られたって聞いて、心配していたんです。こっちへ戻って来られたんですね」

一般の病室へ戻って来たということは、集中的な管理が必要な状態を脱したということだろうから、喜ばしいことだ。

沈みかけていた気持ちを引き上げようと、意識して声を明るくする。千尋は、おかげさまで、と微笑んで、母親のベッドの脇に鞄を置く。

「一時は危険な状態だったんですが、なんとか持ち直しました。……でも、完全に、人工呼吸器に頼っている状態です。意識も戻りません。もう、目は覚まさないかもしれません」

いつもは、見舞いに来るとまず洗面器に湯を汲みに行っていたようだったが、今日は棚に手を伸ばすこともせずパイプ椅子に腰を下ろした。

千枝子の口には、以前はなかった透明な太いチューブが挿し込まれ、白いテープでしっかりと固定されている。おそらく、気管に直接管を挿しているのだろう。親指ほどの太さのチューブは、途中の接続部分から枝分かれしていた。呼気を逃がすための管と、酸素ボンベにつながる管とに分かれているらしい。そのほかにも、近くで見ると何本もの管が枕元の機械から伸びて、布団の下、彼女の身体へとつながっていた。

「意識がないのに、毎日会いに来る意味があるのかって、これまで以上に思います。前は、目が覚めたときにいてあげたいと思っていましたけど、もうそれも望めないのに」

千尋は椅子の背にもたれかかった姿勢で、力なく、ベッドの上の母親へ顔を向ける。

「できる限りのことをしたいなんて、それ自体が自己満足かもしれません。自分が母のことを気にかけているって、できる限りのことをしているって、周りに見せたいだけなんじゃないかって……誰も見ていないときでも、自分が後から引け目を感じないように、自分の気持ちを楽にするためにしているだけなんじゃないかって、最近ずっと考えていて」

「疲れて、らっしゃるんじゃないですか。貴女《あなた》も」

入院が長引いて、看病疲れのせいで悲観的になっているのではないか――そんな、誰もが口にしそうな気休めしか言えない。ほとんど意味をなさない慰めだった。けれど、何を言っても薄っぺらになる気がした。

千尋は木村を見て、少しだけ目元と口元を和《やわ》らげる。気を遣われたのがわかった。

「この間……HCUに運ばれて、もうだめかもしれないっていうとき、一瞬だけ、薄目が開いたんです」

視線をベッドへと戻して、続ける。

先ほどまでとは違い、これまで何度も見たことのある、静かな声と穏やかな表情だった。

独《ひと》り言《ごと》を吐き出すのとは違う、聞いている相手がいることを意識した話し方だ。

「そのとき、ずいぶん久しぶりに、言葉を発したんです。たぶんあれが、最後の言葉だと思います……途切れ途切れでしたけど、一言」

辛いことを、深刻になりすぎないように、柔らかく。笑いながら話せることだと、だから大丈夫なのだと、自分にも言い聞かせるように。

話す途中で声が震え、彼女は一度息を吸った。

「しんどい、って。……そう言いました。母はもともと関西の出身ですけど、悠太の世話を手伝うために、こちらへ引っ越してくれたんです。悠太が生まれたとき」

彼女の気持ちを思うと胸が詰まりそうだったが、木村は何も言わずにただ頷く。

たぶん、聞くだけでいいのだ。

何もできない自分相手に千尋が話を続けているというのは、そういうことだと気がついた。

彼女も、木村から答えを得られるなどとは思っていない。

千尋の立場を知っていて、利害関係がなくて、特に親しいわけでもない木村相手だからこそ、話せることがある。壁に向かって話すよりは、いくらかましという程度でもいい。

子どもの前では、見せられない顔もあるだろう。

「故郷から離れた場所で病気になって、もう治る見込みもなくて、意思の疎通もできなくて……死ぬのを待つだけなんです。苦しいばかりなのに、呼吸や心臓が弱るたびに機械で引き戻して、苦しいのを長引かせています。私が」

穏やかに微笑んでいたはずが、繕った表情は早くも崩れ始めていた。それでいい、と木村は思う。もっと大声でつらいと叫んで泣くことができたら、少しは楽になるだろうと思うけれど、千尋がそうしないだろうことはわかっていた。

「そんなに苦しいなら、延命治療を止めてもらうべきだったのかもしれない。でも、私、できなくて。そのときは、延命治療しなくていいと、言えなくて……今になって、こんなことばかり考えているんです」

延命治療をするかしないか、その選択を迫られるのは、治療を開始する前だ。命を延ばすための措置をとるか、とらないか。最初から、とらない、という選択をすることは可能だが、一度つながった命を絶ち切ることは、原則として選択肢の中にない。一度治療を始めたら、途中で止めることはできない。機械を止めれば命が失われるとわかっていて、そうすることは「殺人」だという考えが根強くあるからだ。

機械で命をつながれた状態が、どれほど長く続いても、苦痛でも。

こんなに苦しみが続くくらいなら、最初から、自然のままに逝かせてあげればよかったと、後で悔いても、何もできない。

死なないでと祈った相手が、今度は、早く楽になれますようにと、ただ祈るくらいしか。

千尋の目が、濡《ぬ》れていることに気づいた。

見てはいけないと目を逸《そ》らす。

「これからどれくらい苦しいのが続くのか、わかりません。できる限りのことをしてあげたいと思ったけど、少しでも長く生きていてほしいと願うのは、苦しみを長引かせるだけなんじゃないかって……本当は私も、楽になりたいと思っているのに、できる限りのことをしたと後で思えるように、そのためだけに、母が望まない延命治療をしているんじゃないかって。もう、自分でもわかりません。母がどうしたいかなんて、今さらわからないし、自分がどうしたいのかも、もう」

千尋は声の震えを止めようとするかのように深く息を吸い、ゆっくりと吐いた。

右手のひらを目に当てて、しばらく黙る。

口を開いたとき、声の震えは止まっていた。

「すみません、こんな話」

「いいえ」

軽い足音が近づいてきた。子どもの靴音《くつおと》だ、と木村が気づいたのと同時に、千尋も立ち上がってさっと目元を拭いた。

千尋の顔を見ないように、木村は窓へと近づいて彼女に背を向ける。

運動靴の靴音と、かたかたと鳴るランドセルの音が、病室に飛び込んできた。

「お母さんのほうが早かったね！」

「お母さんも今来たところ」

背後で交わされる会話に、陰がないことに安心する。

ほんの数十秒前の空気をなかったようにして息子に優しく話しかける、千尋の努力を思った。

本当は、赤の他人である自分などより、身近な人に話して、受けとめてもらうことが救いになるのではないかと思ったが、木村が口を出すことではなかったし、彼女自身がそれを望まないだろうこともわかっていた。

向かいの建物が、東棟だ。ちょうど、由紀乃の病室の窓が見える。

東棟と西棟の窓の位置は平行ではなく、少しだけ高い位置にある窓から、由紀乃がこちらを見下ろしていた。

（ほんとだ、結構よく見える）

そっと手を振ると、由紀乃も気づいたようだった。小さく手をあげてくれる。

今日はこの後用事があるが、関係者の聴取も終わり、これからしばらく病院へ来る用事もない。見舞いも期間が空いてしまうかもしれないから、顔だけでも出してこよう。

振り返ると、ランドセルを下ろした息子の背中を押して、千尋は手洗い場へ向かおうとしていた。

まだ目は赤かったが、優しげな、母親の顔だった。

5

裁判所から帰ってきて、事務所の共有スペースであるラウンジで一息ついていたら、高塚が入ってきた。

お疲れ様です、と声をかける。

「コーヒーですか？」

「うん」

黒いマグカップに、サーバーからコーヒーを注いで渡した。

高塚は礼を言ってカップを受けとり、サーバーの横に置いてあった、顧客の誰かから届いたらしい箱入りのチョコレートに手を伸ばす。

「そういえば笹川総合病院の訴訟、今日が期日だったんだっけ」

「はい、午前中に。第二回期日でした。準備書面はもう出したので、今原告の反論待ちです」

「そっか、あと一、二回書面やりとりして証人尋問って感じかな」

話しながら、自分も一つ摘《つま》んだ。

咀嚼して飲み込むまで、五秒もかからない。

(でも、こんな風に、当たり前みたいに食べられる人たちばっかりじゃないんだな)

ふと思った。

この訴訟を担当するまでは、そんなことを考えたこともなかった。

舌に残るチョコレートの甘さを、コーヒーが洗い流す。カップを持って自席へ戻ろうか、ラウンジで飲んでいこうかと迷っていたら、「病院から連絡が入っている」と事務員に呼ばれてしまった。

「何だか、ちょっと慌てた感じです」

依頼者からの急ぎの用件など、いい話のはずがない。慌てて席へ戻って、つないでもらう。

何か病院側に不利な新事実でも見つかったのかと思ったら、全くの別件で、入院患者の呼吸器が外れていたという「事故」の報告と、対応に関する相談の電話だった。

看護師が病室を見回った際に、一人の患者の呼吸器のマスク部分がずれているのを発見したのだという。

「コードが外れていたとか電源が切れていたとか、そういうことじゃないらしいんです。機械自体は問題なく機能して、酸素も送られていたので、警報も鳴らなかったみたいなんですけど……ただ、本来なら患者の鼻と口を覆っているはずのマスクがずれて、きちんと装着されていない状態になっていたそうで」

マグカップを持って通りかかった——というより、病院から連絡があったと聞いて様子を見に寄ってくれたのだろう——高塚に報告する。

丸岡輝美の訴訟が継続中だというのに、新たな医療過誤事件か、と思いきや、幸い、患者はマスク型の人工呼吸器がなくても呼吸ができるまでに回復していたらしく、容体には変化がなかった。しかし、実害がなかったとはいえ、マスクがずれていたという事実自体を、患者の家族に報告しなくていいものかと、病院側は悩んでいるらしい。

実害も何もなかったのなら随分過敏な反応だと思ったが、患者の名前を聞いて納得した。

「その患者さん、穂積昭子さんっていって、丸岡輝美さんと同じ301号室に入院してるんです」

木村が言うと、高塚も、なるほどね、というように頷いた。

今回のことが病院側のミスだったとすると、同じ病室で、短期間に二回のミスが起きたことになる。実害はなくても、騒ぎになれば、どうしても、病院側の管理体制がなっていないとの印象を世間に与えることは間違いなかった。丸岡輝美の訴訟にも影響しかねない。

今回は、患者の容体に変化はなかったのだから、発見した看護師がその場でずれたマスクをもとに戻して知らないふりをしていれば、マスクがずれていたという事実自体、誰も知らないままで終わっていたところだ。

しかし、丸岡輝美の訴訟が継続中だったということもあって、看護師もミスに過敏になっていたのだろう。彼女はすぐに担当医師を呼び、相談した。ばたばたとしていたとき、他の患者の見舞客も病室にいたようなので、ミスがあったらしいことは、すでに一部の人間には知られてしまっているかもしれない。

病院から報告しなかったとしても、どこから浩人に話が伝わるかわからない。それなら、先に病院側からきちんと説明したほうがいいのではないかと、木村は意見を言った。

「普通だったら弁護士に相談することもなく伏せちゃうかもしれないけど、今は丸岡さんの件があるから、病院も念のために確認したんだろうね。これまで対応が甘すぎたから、これくらい神経質になってくれたほうがまあ今はいいのかな。……そうだね、見舞客とか他の患者に知られてるなら、そっちから、その患者の家族にも伝わる可能性はあるわけだし。そのときのリスクを考えれば、病院側から話をしておいたほうがいいだろうね」

高塚も同意見のようでほっとする。

報告しなければわからないかもしれないミスをわざわざ報告することに、病院が抵抗を感じたとしても無理はないが、報告しなかったせいで、後で事実を知った浩人に不信感を持たれるほうが怖い。発覚した時点ですぐに報告したり適切に対処したりしていれば、大抵のミスは炎上にまでは至らないものなのだ。

人の命に関わる医療現場でのミスは例外かもしれないが、今回は患者の容体に変化も何もなかった、つまり損害はないわけだから、丸岡輝美のケースのように訴えられるというような心配はない。穂積浩人が病院側のミスを吹聴して回るようなことがあれば当然病院はダメージを受けるが、何度か話をした感じから、彼は無闇にそういうことをしそうなタイプには思えなかった。あくまで病院側から正直に、誠実に、事実を伝えることには意味がありそうだ。

「その患者の息子さんと、ちょっと話したことあるんです。ほとんど毎日お見舞いに通ってるみたいなんで、何時頃に来るか聞いてもらって、担当医から事情を説明するときに俺も立ち会おうと思ってて」

事務所全体で使用しているスケジュール管理表に、外出の予定を書き込みながら言う。

働くねえ、と高塚は感心したように眉を上げた。

「そこまでしなくてもいいんじゃないの、揉《も》めてるわけでもないのにさ」

「あ、いえ、知り合いが入院してて、そろそろお見舞いに顔出さなきゃって思ってたんで」

ついでですから、と頭を掻《か》く。

病院の顧問弁護士として、自分が力不足なのはわかっている。質問されてもすぐに正確に答えることができないし、経験に基づくアドバイスもできない。高塚やベテランの先輩たちと比べて、病院にとっては頼りない弁護士だろう。

そのぶんを埋めるということでもないが、せめてフットワークくらいは軽くいたかった。

「知り合い？」

「っていうか、病院に通うようになって知り合ったんですけどね。長期入院してるらしい女の子で……あっ、病院の不利になるような情報を漏らしたりはしてませんよ。彼女、病院内の情報には通じてるらしくって、もともと訴訟のことは知ってたみたいですし」

「それは心配してないけど」

タイミングよく電話が鳴って、穂積浩人の今日の見舞いの予定を教えてくれる。間に合うように行きます、と院長に伝えてもらうよう伝言して、電話を切った。

「じゃあ俺、行ってきます。先に事情を聞いておきたいし、ついでに丸岡訴訟の打ち合わせもしてきますから」

無駄に思えても、何度も病院に足を運んでいることで気がつくこともある。

今回事故が発覚したとき、近くにいた見舞客というのは、おそらく千尋だろう。同じ301号室に入院している母を毎日見舞っている彼女が、一番可能性が高い。彼女からも話が聞ければいいが、さすがに、病院にそこまでは頼めないから、また偶然顔を合わせるのを期待するしかない。

パソコンをシャットダウンして立ち上がった。

今自分にできることは、現場に足を運ぶことだった。

会議室で対面した浩人は、関口と看護師長と一緒に現れた木村を見て驚いた顔をした。無理もない。そういえば、これまで言葉を交わすことはあったが、きちんと名乗ってもいなかった。

木村が名刺を渡すと、印刷された事務所名と木村の顔とを見比べて目を瞬《しばたた》かせる。

「弁護士さんだったんですか……」

「友人が入院しているのは本当ですよ。すみません、言い出す機会もなくて」

謝罪して、着席するよう勧めた。

緊張した面持ちの浩人に、まずは看護師長から、昨日の夕方、穂積昭子の呼吸器のマスクがずれていたことについて報告がされる。

マスクがずれたのは看護師の見回りと見回りの間の一、二時間の間のことと思われるが、ずれたままになっていたのが発見までの数分間なのか、それとも一時間以上そのままだったのかはわからないこと、看護師が見回りの際に気づいたこと、マスクがずれていた理由についてはわかっていないこと。

それから、関口が、マスクがずれる前と後とで昭子の状態に変化はないこと、マスクなしでも呼吸が可能であることが確認されたため、昭子は現在は呼吸器をつけていない

＊　＊　＊

ことを説明する。

会議室へ呼ばれる前に、母親の病室には寄って無事は確認しているはずだが、それでもやはり、担当医から呼び出され、何事かと思っていたのだろう。浩人は最初は顔色が悪かったが、母親の命に別状はないとわかったからか、その表情は、話が進むにつれて和らいだ。

一通りの説明が終わると、椅子の背にもたれて深く息を吐く。

「病院から携帯に電話があったときはびっくりしましたよ。母に何かあったんじゃないかと思って」

そうじゃなくてよかったです、と苦笑気味に笑った。その表情に、怒りや病院に対する不信感はない。

「実は、自宅にいたときも、勝手に布団をはねのけたり、ベッドサイドに置いた物を落としてしまったり、そういうことはよくあったんです。今回も多分、自分で外してしまったんだと思います」

浩人と会う前に見せてもらったが、呼吸器のマスクは、少しくらい首や身体を動かしたくらいで外れないように、バンドで留める形になっていたはずだ。バンドが緩まずきちんと留められていれば、寝たきりに近いような状態の患者が自分で外してしまうことはまずない。昭子が自分で外したというなら、やはり、病院側の管理に甘い部分があった可能性は否めない。

しかし、浩人に、病院を責める気はないようだった。

「看護師さんや先生が悪いわけじゃないと思いますし、結果的に何ともなかったんですから、気にしていません。むしろ、それくらい元気になりつつあるってことだと思って、喜んでおきますよ」

ご丁寧に、ありがとうございました。これからも、母をよろしくお願いします。

そう言って、浩人は頭を下げて出て行った。

もともと、炎上するなどとは思っていなかったが、予想以上に穏便に終わった面談結果に、関口も看護師長も、ほっとした様子でいる。

安堵したのは木村も同じだ。知られていないうちに病院のほうから事実を伝えるべきだと助言して、その結果、それまで問題のなかった浩人と病院の関係がこじれてしまったら目も当てられなかった。

やはり、きちんと説明してよかった。誠意を見せれば、わかってもらえるのだ。

看護師長は早々に仕事に戻っていき、木村と関口だけが会議室の前に残った。

「お疲れ様でした。わかってもらえてよかったですね」

隣に立っている関口に、話しかける声も、自然と弾む。

「はい。先生のおかげです」

木村より十は年上だろうに、彼は丁寧に言って、頭を下げた。

「今日は、ありがとうございました。すぐにアドバイスをくださったうえ、わざわざ来ていただいて……弁護士さんて忙しいでしょう」

「そんな、お医者さんほどじゃないですよ」

木村が慌てて顔の前で手を振ると、関口は「どっちもどっちかもしれないですね」と笑った。

「院内で、何度かお見かけしました。訴訟の件でも、看護師に話を聞いたり、病室を見たりしていたでしょう。熱心な先生だなと思っていました」

何度か訴訟の件で顔を合わせたときは、暗い顔をしていたが、笑うと目尻にしわができて、柔らかい印象になる。考えてみれば、自分の担当患者が亡くなって看護過誤で訴えられているというのに、弁護士との打ち合わせでにこにこしているほうがおかしい。こちらのほうが、本来の彼なのかもしれない。

「先生の事務所にはお世話になっていますが、現場の医者は弁護士さんと直接お会いする機会はあまりなくて……こちらにいらっしゃる先生は少ないですから。木村先生みたいな方は珍しいんじゃないですか」

「いやあ……現場に来る弁護士が熱心で、来ない弁護士がそうじゃないってわけじゃないんですけど、俺は実際に現場に来たほうが色々わかるっていうか……机の前で考えてもあんまり役に立たないみたいで」

そうするしかなくてしていることを、実際以上に高く評価されている気がして頭を掻いた。

「うちの事務所の先輩たちって皆優秀なんですけど、俺はまだ経験も少なくて、要領もよくなくて。だからせめて、きっちり、自分の目で確かめたり、直接話をしたりして、なんていうか……丁寧に、誠実に仕事をするしかないんですよ。まずはそこからっていうか、そこだけは押さえなきゃっていうか。それしかできないっていうのもあるんですけど」

病院の顧問をしている身で（その中で一番の下っ端とはいえ）、まして、今まさに継続している訴訟の担当弁護士という立場でこんなことを言っては、不安にさせてしまうかもしれない。言った後でそれに気づいたが、関口は真剣な顔で聞いていた。

それから、視線を、浩人が歩いて行った方向へ向けて、口を開く。

「穂積昭子さんが救急車で運ばれてきたとき、対応したのは私でした。駆けつけてきた息子さんは、私の説明を聞いた後、ご家族用の控え室で、真っ青な顔で祈っていましたよ。足が震えていました。祈るように指を組んだ手も」

そのときのことを思い出しているのか、わずかに目を細めた。

「病院では、珍しい光景ではありません。でも、私たちがそれに慣れてはいけませんよね」

噛みしめるように言って、彼は姿勢を正す。

「今先生がおっしゃったことですが、医者も同じです。特別な技術がなくたって、ただ、丁寧に、誠実に患者に向き合って仕事をするべきなんです」

それは、木村も思ったことがあった。丸岡訴訟を手掛けるようになってからだ。医者も弁護士も、責任が重く、不安で、混乱していて、怖がっていて、何かに縋《すが》りたい人に、向き合う仕事だった。そういう仕事であることを、忘れてはいけなかった。

「もっとずっと新人だった頃は、そうできていたはずなんですけど、初心を忘れてはだめですね。私も気をつけようと思います」

木村に向き直って頭を下げて、歩き出す。

背筋が伸びる思いだった。

大股に歩いていく後ろ姿に、遅れて頭を下げる。

角を曲がるまで見送ってから、木村も歩き出した。


301号室に行くと、何やらばたばたしていた。

千尋の母親が寝ているはずの奥のベッドの周りにはカーテンが引かれていて、何度か廊下で見かけたことのある、バケツ等が積まれたカートが、室内にある。

カーテンの内側で動く影も見えたので、取り込み中らしいと察して、病室に入るのはやめにした。穂積昭子の様子を見て、千尋がいれば話をしたいと思ったのだが、タイミングが悪かったようだ。

来た道を引き返し、先に東棟の由紀乃を見舞うことにする。

彼女に会うのも、一ヵ月ぶりだった。

由紀乃は、つい昨日も話をしたかのように自然な様子で迎えてくれた。

「ああ、あのカーテンは、着替えたり、おむつを替えたりするときに引くの。ここは一人部屋だけれど、ベッドが複数ある病室の場合、色んな人が出入りするから、目隠しにするために」

木村の話を聞いて、すぐに教えてくれる。

窓ごしに西棟の病室を見ると、やはりピンクのカーテンで窓際のベッドは囲まれ、こちら側からも見えない状態になっていた。

「あとは、夜ね。早く寝る人と、消灯時間まで起きている人がいるから、カーテンを引くみたい。それ以外では、その患者の容体がかなり悪くて、危険な状態のときかしら」

ベッドの周りに家族が集まって看取ることも多いだろうし、臨終の瞬間を、いたずらに人目に晒《さら》さないようにという配慮だろう。

要するに、プライバシーの保護のためのカーテンだ。

先ほどは緊急事態というほどではなかったようだから、着替えか、おむつを替える時間にたまたま当たってしまった可能性が高い。やはり、部屋に入らないでおいて正解だった。

「裁判が始まってから、なかなか来られなくてごめん」

「来られるときに、こうして寄ってくれるだけで嬉しいもの」

由紀乃は殊勝に言って微笑む。

「忙しいでしょう。次から次へと、病院も弁護士さんも大変そう」

戸棚から紅茶の缶を取り出してサイドテーブルに置き、電気ケトルのスイッチを入れてからこちらを向いた。

「患者の呼吸器が外れていたって聞いたわ。今回も301号室だったんですってね」

「……本当に情報通だね」

患者である由紀乃が、こんなに早く情報を入手しているのだから、病院側が浩人に今回のことを伏せていたとしても、いつかは伝わってしまっただろう。やはり、情報を伏せるようなことをしなくてよかった。

今日、この部屋を訪ねる前に仕事を終えてきたこともお見通しらしく、彼女は二つのカップを応接セットのテーブルに運びながら「大丈夫だったの？」と訊いた。

患者のことか、木村の仕事のことかわからないが、どちらにしろ答えはイエスなので、首を縦に振る。

「今回の患者さんは、もう自力で呼吸ができる状態になっていたらしくて、呼吸器が外れていても結果的には何も問題がなかったんだ。マスクがずれた原因も、たぶん本人が動いて外してしまったんだろうって、息子さんも納得してくれてて」

「そう、ならよかった」

「その患者さんの息子さん、お母さんの延命のためにいつも必死で……呼吸器も息子さんの希望でつけていたはずだけど、マスクがずれていたことで病院を責めたりはしなかったよ」

実害はなかったとはいえ、あれほど気にかけていた母親のことだというのに。会議室へ呼ばれたときは、緊張して硬い表情だったが、事実を知った後は、母親の無事にただ安堵したようだった。彼は最後まで、少しも、病院に対する怒りや不信感を示さなかった。

「呼吸器が外れていたのは、病院のミスじゃなかったんでしょう？　それなら、責める理由がないわ」

「うん……でも、不安で、余裕がない人は、そういう風には考えないこともあるから」

確かに、病院のミスかどうかははっきりしていない。しかし、その可能性を否定することもできない事案だった。

長く患者とともに病気と闘っている家族は、とても疲れている。負の感情を溜めてしまいがちだし、大事な人の命を預けているのだからと、病院に求めるものも多くなる。たとえ患者が自分で外したのだとしても、病院の管理責任を問われてもおかしくない場面だった。

今回は患者の容体に影響がなかったからよかったが——もしも、穂積昭子が亡くなっていたら、どうだっただろう、と考える。

なんとなくだが、そのときもやはり、浩人は病院を責めたりはしないような気がした。

自分で世話をしても、完璧にはできないのだからと言った、千尋の言葉を思い出す。

千尋と浩人は、おそらく、同じタイプだ。

家族が生きているうちはひたすらに、少しでも長くと祈り、そのためにできることがあれば何でもする。いつか失われることに怯《おび》えて、そうならないようにと必死になるけれど――亡くなってしまったら、戻らないもののために他人を責めるようなことはせず、静かにその事実を受け入れるのではないか。そんな気がした。

「延命措置に関しては、患者にも家族にも葛藤《かっとう》があるんじゃないかしら」

小さめのポットに電気ケトルの湯を注ぎながら、由紀乃が言う。

「少しでも長く生きていて欲しくても、やっぱり装置で延命させることは、苦しいから――どちらも」

「……そうだね」

できることをしないという選択をするには、抵抗がある。だから、延命治療を望むかと問われればイエスと答える。そんな家族たちにも葛藤はある。患者の死は、間違いなく喪失だが、それと同時に、葛藤の終わりでもあるのだ。

立ちのぼった紅茶の香りの湯気に、由紀乃は磁器の蓋をする。それから、ポットに布のカバーを被《かぶ》せ、小さな砂時計を横に置いた。

「患者本人だってそうよね。死にたくないに決まっているけれど、どちらにしても助からないなら、できるだけ苦しみたくないし、見苦しいところも見せたくないもの」

彼女自身も患者である由紀乃に、こんなことを言われるとどきりとする。

木村の動揺に気づいているのかいないのか、由紀乃は木村に座るよう勧め、自分もソファに腰を下ろした。茶葉を蒸らす数分間、二人して砂時計を眺める。

「木村さんは、死ぬのは怖い？」

何気ない口調で、由紀乃が尋ねた。

「……あまり、考えたことはないけど。たぶん、怖くない人は少ないんじゃないかな」

死、という言葉に内心動揺しながら、平静を装って答える。

由紀乃は、そうね、と認めてから、

「私はね、怖がらないようにしたいの」

静かに言って、長い睫毛を伏せた。

「嫌だけど、怖くはないって、思っていたいわ」

姿勢よく座って、穏やかな表情で、告げられた言葉に、胸がざわついた。

彼女自身の病気については、これまでほとんど話したことがなかった。以前ちらりと、春頃には退院するというようなことを言っていたので、命に関わるような病気ではないらしいと安心していたのだが、もしや、大きな手術でも控えているのだろうか。

しかし、命に関わる病気であるなら、こんな風に落ち着いて、こんな話をできるものだろうか。中学生の少女が？

砂が落ち切って、由紀乃はポットへと手を伸ばす。その途中で、ふと木村を見、

「ごめんなさい、困らせて」

小さく首を傾けて苦笑した。

「入院患者が生死の話をすると、なんだか意味深でしょう？　皆気を遣ってしまうと思って、あまり言わないようにしていたのだけど」

「……いや、」

一回り以上も年の離れた彼女に、顔色を読まれた挙句気遣わせてしまった。弁護士としても大人としても不覚だった。

そのうえ、うまくごまかすこともできない。

「いつかそういうことになったら、という仮の話よ。それでも、私が言うと、皆そうは思わないでしょう。深刻にとらえられてしまうと思って、口には出さなかったのに、言いたくなってしまって」

ごめんなさいねと微笑まれ、なんとか気持ちを切り替えて笑みを返した。

「たとえば加奈にこんなことを言ったら大変よ。また泣かれてしまうわ」

「泣かれたことがあるの？」

「病気だって伝えたときにね」

由紀乃はポットのカバーを外して、一つ目のカップに紅茶を注いだ。七分目ほどまで注いだところで茶こしを二つ目のカップへと移動させる。

「病気が見つかって、入院しなければいけないかもしれない、と話したとき、あの子、いきなり『どこが悪いの？』って訊いたのよ」

そのときのことを思い出したのだろう、ポットを手に持ったまま、口元をほころばせた。

「訊きにくいことだと思うのだけど、直球だったわ。それで、腎臓とか、肝臓とか、骨髄とか、自分が分けてあげられるものがあったら何でもあげるって、泣きそうな顔で言うの。本気で言うのよ」

くすくすと、彼女にしては珍しく、小さくだが声をたてて笑う。

紅茶を注ぎ終えてテーブルにポットを下ろし、カップを手にとって目を細めた。

「移植が必要な病気じゃないって、話して落ち着かせたけれど。びっくりしたわ。それに、嬉しかった」

湯気の立つカップの一つを、木村の前に置き、もう一つを自分の前へと引き寄せる。

湯気と一緒に、爽《さわ》やかな果物のような香りが漂った。

「長期の入院は退屈だし、心細いし、最初は気乗りしなかったのだけど、加奈がそう言ってくれたのを聞いて、入院してちゃんと治療を受けようって決めたの」

早くに家族を亡くした由紀乃に、加奈のような友達がいたことは、本当によかった。

カップに口をつける、大人びた由紀乃の顔を見ながら、そう思った。

何だか、さきほどまでとは違った意味で胸の中心がぎゅっと締まって、慌ててカップを取り上げる。

由紀乃の病室で飲む紅茶は、味も香りも、事務所のサーバーで作るティーバッグの紅茶とは全然違っていた。いつもそうだ。丁寧に、手順を踏んで淹れられた紅茶を飲む機会は多くない。

見舞いに来たのが一ヵ月ぶりだから、この紅茶の味も、久しぶりだった。

「退院は、四月の予定なのだけど」

紅茶を飲み終わる頃に、由紀乃が言った。

「それまでに、また会えるかしら?」

「来るよ、もちろん。退院予定日が何日かも、決まってるなら教えて」

三ヵ月後だ。その頃には、訴訟も一段落ついていればいい。仕事のついでではなく、由紀乃の退院を祝うために、きっと会いに来ると決めた。

そのときは、花を持って来よう。

由紀乃の病室から出ると、廊下の向こう側から、誰かが歩いてくるのが見えた。

相手もこちらに気づいて、足を止める。

「木村先生」

先ほど別れたばかりの関口だ。

廊下の半ばで止まった彼に近づいて、今日はよくお会いしますね、と声をかけた。

木村は、東棟にも受け持ちの患者がいるんだな、としか思わなかったが、関口のほうは、由紀乃の病室から出てきた木村を見て驚いているようだ。

「彼女に呼ばれたんですか？」

「え？　あ、いえ」

確かに、病院の顧問をしている事務所の弁護士が、訴訟と全く関係のないはずの入院患者の部屋から出てきたら、何事かと思うだろう。

「お見舞いです。たまたま知り合って、その……友達になったので」

改めて口に出すと、ままごとめいていて少し気恥ずかしい。

しかし関口は馬鹿にすることも不審がることもなく、そうですか、と表情を和らげた。

「私も、半分ただのお見舞いみたいなものです。彼女には、家族がいないので……看護師たちも、何かと気にかけてはいるようですが」

それでもやはり寂しいだろうと、様子を見に来たらしい。忙しいだろうに。

関口は由紀乃の病室のドアへ目を向け、

「彼女のような患者さんに、何ができるのかと考えていて……少し悩んでいたんですが、病気を治すだけが医者の仕事ではありませんよね。患者さんにも、その家族にも、もっとできることがあるんじゃないかって。……木村先生の熱意に、影響されたのかもしれません」

最後の部分は、木村へと視線を戻して、微笑んで言った。

誠実さとフットワークの軽さだけはなくさずにいようと思っていた。しかし逆に言えば、それくらいしかできない新人弁護士には、過ぎた言葉だ。

由紀乃の担当医が彼でよかったと思ったし、この病院の代理人になれたことを誇らしく思ったが、おこがましい気がして口には出せない。

丁寧に会釈をして別れた。

自分は自分の仕事に、誠意をもって全力で当たらなくてはと、決意を新たにした。

＊　＊　＊

西棟の301号室を覗いた。

窓際の左側のベッドの周りにだけ、カーテンが引かれている。その向かいのベッドでは、呼吸器をつけていない穂積昭子が眠っていた。HCUの透明な壁ごしに見たときも目についた、少し不揃いな髪。前髪が短いせいで、薄くてほとんどないくらいの眉がよく見える。呼吸は安定しているようで、何も問題はなさそうだ。今は、浩人の姿は見当たらない。

患者たちを起こさないよう、足音を忍ばせて病室へ足を踏み入れる。

カーテンの隙間から千尋の姿が見え、声をかけようとしてやめた。カーテンが引かれているのは、おむつ交換や着替えの世話など、周囲に見られたくないことをするときだと由紀乃が言っていた。

見てはいけないと思ったが、じっと千枝子を見つめて動かない千尋の思いつめた表情が気になって、背を向けかけた姿勢のまま止まる。

ちらりと見えた布団はめくれておらず、千枝子の衣服にも乱れたところはないようだった。

耳を澄ませると、ごろごろと痰《たん》の絡《から》む呼吸音が聞こえる。呼吸器をつけていても、息をすること自体が辛そうだった。

千尋は泣きそうな顔で、しばらく棒立ちになっていたが、やがて、ゆっくりとベッドに近づき、右腕をあげる。

木村が一歩踏み出して、角度を変えて覗き込むと、その指の先にあるものが見えた。

千尋は、千枝子の呼吸器の、酸素ボンベへとつながるチューブに触れていた。

左手でチューブの継ぎ目を押さえ、右手をそこに添える。

「……ごめんね」

痛みをこらえるような声が聞こえた。

(まさか)

さっと血の気が引く。

止めなければと思うのに、声が出ない。

ぐっ、と千尋の手に力が入った。

しかし、そのまま、彼女は動きを止めた。

苦しげな呼吸音は続いている。

断続的な機械音も聞こえている。

チューブに手をかけたまま、千尋は膝《ひざ》を折った。

「苦しいよね……」

ごめんね、と、くぐもった涙声。

はっとした。

何もできず立ち尽くす木村に、気づきもせずに、千尋はベッドに顔を伏せる。

ごめんね、ごめんねと繰り返した。その手はもう、チューブからは離れ、布団カバーを握りしめていた。

木村にもわかった。

繰り返される「ごめんね」は、呼吸器のチューブを外そうとしたことに対してではない、外せなかったことに対する謝罪だ。

罪悪感と無力感。今まさに木村が感じているものだったが、千尋のそれとは比ぶべくもない。

静かに穏やかに在《あ》ろうとしていた彼女が、抱え続けてきた苦しみに、誰かが気づくべきだった。でなければ、彼女はずっとひとりだ。

けれど、それは自分の役目ではない。

せめて、見られたことに彼女が気づかないように、その場を立ち去ることしかできなかった。

# 6

木村が一泊二日の出張から戻ると、自分の席につくかつかないかのうちに、普段は離れたところに座っている事務員が駆け寄ってきた。

留守中に笹川総合病院から連絡があったと、きちんとした字で書かれたメモを渡してくれる。

「入院患者が一人、亡くなったそうです。木村先生は出張中だったので、高塚先生に対応していただいたんですけど」

「亡くなった……？」

事務所に連絡が入ったということは、不審死、もしくはその疑いがあるということだろうか。

メモを見ると、聴取した内容と連絡があった日付と、病院の名前と電話番号が書いてあった。土日と出張を挟んだので把握が遅れたが、その患者が亡くなったのは三日前のことのようだ。

事務員が電話を受け、木村の代わりに高塚に取り次いだらしい。

「私は詳しくは聞いていないんですけど、特に、遺族と揉めているというような話ではないそうです。ただ、今訴訟になっている丸岡さんと同じ、３０１号の患者さんだったらしくて」

３０１号室で問題が起きたのは、丸岡輝美以降これで三度目だ。

メモには、亡くなった患者の名前は書いていなかった。

電話を取り次いだだけの事務員より、実際に対応した高塚に聞いたほうが早い。彼女に礼を言ってからフロアを見渡し、高塚が壁際で同僚と立ち話をしているのを見つけた。

メモを持って近づくと、高塚のほうも気づいてこちらを向いてくれる。

お話し中すみません、と声をかけた木村に、「大した話してないからいいよ」と応えた。

高塚と話していた同僚は、笑って手をあげ、離れていく。

「笹川総合病院の件？」

「はい、３０１号室の患者さんが亡くなったたって……」

高塚は頷いて、木村をデスクのほうへと誘導する。

「呼吸器のマスクだかチューブだかが、外れていたそうでね」

歩きながら伝えられた内容に、心臓が跳ねた。

それは大変なことなのでは、と高塚を見たが、彼はこの事態を、特に緊急と考えてはいないらしい。いつも通りの落ち着いた声で続けた。

「もちろん遺族には連絡済みで、担当医からの説明も済んでる。遺族は、病院の責任を問うつもりはないようだよ。この件で、俺たちが何か動かなきゃいけない事態にはならなそうだ」

（呼吸器が外れて……）

ということは、亡くなった患者は池田千枝子だ。穂積昭子と廣井美津は、呼吸器をつけていなかった。

（亡くなったのか）

眠っているのを何度か見かけただけの相手だったが、何とも言えない感覚が胸に湧く。

「でも、丸岡訴訟に影響が出ないとも限らないから注意して。この件が相手方に漏れたら、管理が甘いとか、看護師の勤務態度に関連づけて何か主張してくるかもしれない。ちょっと前に、マスクがずれてたって報告があったばかりだし」

感情を入れない、弁護士としての顔で高塚が言った。

相手方の代理人に知られているかはわからないが、知られればこちらの不利に働くことは間違いない。訴訟とは直接関係のない話とはいえ、同じ病院の、同じ病室に入院していた患者だ。担当医や担当の看護師も、おそらく同じ。呼吸器が外れる事故が立て続けに起きたとなると、それはもはや偶然とは言えないのではと、誰でも考える。

「医療ミス……ってことですか」

わからないよ、と、高塚は冷静に答える。

「病院内で起こるすべてが病院の責任、てわけじゃない。きちんと装着させても外れちゃうようなものだったならメーカーの不備だし、病院関係者以外が呼吸器をいじって、その結果外れやすくなっていた可能性もある」

「病院関係者以外……って」

母親のベッドに顔を伏せ、ごめんねと泣いていた千尋を思い出した。

（まさか、違う）

一瞬頭に浮かんだ、嫌な考えを振り払う。

千尋ではない。

魔が差した瞬間があったとしても、彼女は結局、呼吸器を外すことができなかった。

「原因はわかっていないけど、患者が自分で呼吸器を外してしまうことも、ないわけじゃない。ほとんど寝たきりの患者だったそうだから、病院側も油断していたんだろうね」

穂積昭子のときも――彼女は亡くならなかったが――そういう結論になったはずだ。

木村は、昭子の容体をよく知らなかった。長く介護をしてきた息子がそう言うのなら、そういうこともあるのかもしれない、実際に患者本人が呼吸器を外してしまったのかもしれないと、そのときは思った。

しかし、千尋の母親は――少なくとも、一度ＨＣＵに入って戻ってきてからは、完全に寝たきりの状態だったはずだ。とても、呼吸器が外れるほど激しく身動きをするとは思えない。

「……俺が見ていた限りでは、その患者さんは、苦しそうに息をするだけで、寝返りも打てないような状態でした。そんな、自分で呼吸器を外してしまうなんてことは」
「医者も看護師も家族も、ずっと患者を見ているわけじゃない。自分で外す可能性がないとは言えないよ」
木村が言いかけたのを、高塚がやんわりと遮《さえぎ》った。
誰も見ていない間に何があったのかは、わからない。確かにその通りだが、それは詭《き》
弁《べん》ではないのか。病院も、高塚も、千尋だって、患者が自分で呼吸器を外したとは思っ
ていないはずだ。
十分後には死んでしまう相手でも、殺せば殺人になる。それが法律だった。相手が先
の短い病人だとしても、その死を早める行為は、犯罪だ。
(だって、話せなくても、寝たきりでも、彼女は生きていたんだ)
呼吸器が外れなければ、今もまだ、生きられていたかもしれないのに。
「木村くん。遺族は、調査を求めていないんだ」
木村が納得していないのに気づいたのだろう、高塚が、諭《さと》すように言った。
「病院側も、その必要があるとは考えていない。だから、この件はこれで終了だ」
「……呼吸器が外れたのが、事故じゃないかもしれないのにですか？」
「事故じゃないかもしれないけど、事故かもしれない。誰かが意図的に外したと考える
べき証拠はないよ。そもそも、終末医療の現場の話だ。呼吸器が外れたことが直接的な
死因かも立証できない」

それを調べること自体、遺族が望んでいないのだ。誰も望んでいない。

それならば、今回の件が事件になることはないだろう。

高塚の言っていることは、理解できた。

一人の法律家としても、病院の代理人としても。

「とにかく、今回のことは、事故として処理されると思う。俺たちがこれ以上、原因を追究する必要はないよ」

納得できずにいるのは、個人としての木村龍一だけだった。

高塚の言葉に、一度深呼吸して、わかりました、と応える。

「でも、一度、千尋さんと……この患者さんの娘さんと、話をさせてください」

千尋には、自分が病院の代理人であることは話している。そのうえで、色々と話を聞いていたのだ。病院側からの説明の際には同席できなかったが、病院側の誠意を感じてもらうためにも、一度話をしておいたほうがいいと思った。これは、木村の、弁護士としての判断だ。

それに、木村龍一個人としても、お悔やみくらい言いたかった。

高塚は、「そう言うだろうと思ったよ」と息を吐いた。

「その人、告別式が終わってから、病院に挨拶に来るそうだから、時間を聞いて会ってくれば？　相沢千尋さんだろ」

木村が千尋と話をしたがることを想定して、あらかじめ病院に聞いておいてくれたらしい。

「でも、さっきも言った通り、彼女には病院の責任を問う気はなさそうだし、状況についての説明も済んでる。アフターケアとして弁護士が会っておくのはいいと思うけど、あくまで病院側の弁護士として会うってことを忘れないようにね」

若干呆れられている感はあるが、それでも千尋と会うことを止めずにいてくれるということは、木村が病院の不利になるようなことはしないと信じてくれているということだ。

遺族が調査を望まないという今の状況は、病院にとっては望ましいもので、病院側の弁護士である木村が、その状況を変えるわけにはいかない。

患者の死が事故でない可能性があるとしても、それを調査するのは木村の仕事ではなく、決定権のある人間に調査を勧めるなどということも、あってはならなかった。

木村としても、そうするつもりはない。

この件は、事故として処理される。

それでも、おそらくもう二度と会うこともなくなる、その前に、千尋に会っておきたかった。

＊　＊　＊

木村が西棟の三階に着くと、病室の前の廊下に、千尋と、今日は紺色の上下の上に白衣を羽織った関口が立っているのが見えた。

千尋は、深く深く頭を下げている。関口が、それを押しとどめながら、何やら言葉をかけているようだ。

管理不十分で患者を死なせてしまった病院の医師と遺族、には到底見えない。

関口は、仕事に戻るのだろう、やがて顔を上げた千尋に会釈をして歩き出した。

千尋は、その後ろ姿に向かってまた頭を下げ、彼の姿が見えなくなるまで上げなかった。

「こんにちは」

タイミングをはかって声をかける。

千尋は振り向いて、木村さん、と小さく会釈をした。

「このたびは、急なことで……説明のときも、同席できなくて、すみませんでした」

一礼してお悔やみの言葉を伝えると、千尋も改めて頭を下げる。

彼女はすでにすっかり落ち着いていて、初めて会ったときと変わらなかった。その頃よりも、むしろ、表情は晴れやかであるようにさえ思える。

「私のことまで気にかけてくださって、ありがとうございます。でも、私は大丈夫ですから。関口先生にも、看護師さんにも、とてもよくしていただいて、病院には感謝しかありません」

微笑んで言った。

どうやら、その言葉に嘘はない。

木村は、彼女は病院側にミスがあったかもしれないとわかっていて、それをあえて追及しない姿勢なのだと思っていた。おそらく、それは病院としても同じだろう。しかし、彼女の中には、許す許さない以前に、病院に非があるとする考えはまったくないようだ。

これは意外だった。

病気を治すことだけが医者の仕事ではないと言っていた、関口の使命感に満ちた顔を思い出す。

彼ならば、きっと、看病に悩む千尋に親身になって相談に乗っただろう。医術で患者やその家族を救うことができない場合でも、医者にはできることがあるはずだと、彼はそう言っていた。

介護の悩みは家族にも話せないと千尋は悩んでいたようだから、担当の医師に話を聞いてもらうだけで慰めになったはずだ。

入院中の母親の呼吸器が外れて、亡くなったというこの状況下で、病院のミスを疑わないというのは不自然に思えたが、それも彼女の、担当医師への、そして病院への深い信頼ゆえなのだろうか。

もしくは、ミスがあったとしても、それを補って余りあるほどの恩を受けたと感じていて、感謝の気持ちが上回っているということだろうか。

だから彼女は、こうして、どこかすっきりとした顔でいるのだろうか。

千尋を目の前の休憩スペースに誘導し、自販機に硬貨を入れた。

「すみません、喉が渇いて。よかったらつきあってください」

コーヒーが飲みたかったわけではないが、もう少し話がしたい。

千尋は遠慮がちにミルクティーを選んだ。缶コーヒーとミルクティーが、続けて取り出し口の中に落ちる。

この病院に通い始めたのはまだ暑い頃だったが、いつのまにか、温かい飲み物がおいしい季節になっていた。

彼女にミルクティーの缶を手渡し、一人分のスペースを空けて隣に座った。

「木村さん、私、母が入院しなければならなくなったとき、本当はほっとしたんです。こんなこと、情のない娘だと思われそうで、なかなか言えなかったんですけど」

木村がコーヒーを三分の一ほど飲んだところで、千尋が口を開く。

「自宅での介護は大変でした。母は慣れた環境で過ごしたいだろうと思って、できる限り自宅でと頑張ったんですけど……やっぱり、体力的にも、精神的にも、どんどん余裕がなくなってしまって。いつまで続くんだろうって、不安になったりもして」

彼女自身は、缶を受け取ったものの、開けようとはせず、両手で持ったままだった。

木村のほうを見ず、缶を撫でるようにしながら、自分自身でも確かめるように、少しずつ話す。

「適切な治療をするためには入院するのが一番で、命をつなぐためには入院するしかないとなって、入院することが一番母のためになるという言い訳ができて、私は、ようやく解放されました。自分が投げ出したわけじゃないって、安心して、母を預けることができたんです」

もう、終わったことだからだろうか。

母親のことを話していても、前ほど、「吐き出す」という感じではなくなっていた。

疲れた様子ではあるが——葬儀を終えたばかりなのだから当たり前だ——、以前とは明らかに違う。

抱え続けるには重くて、けれど投げ出してしまうには大切すぎるものが、ずっと彼女の腕の中にあった。抱えている間は、なかなか、重いとは言えなかったのだろう。

なくしてから、大切だった、けれど重かったと、言えるようになった。

それはおそらく、良いことなのだろう。

「亡くなったと聞いたときも、同じでした。悲しくて、それから、やっぱり何もできなかったって申し訳ない気持ちで、涙が止まらなかったけれど、同時に私、確かにほっとしていたんです。もう苦しまなくていいって」

母が、とも、自分が、とも、千尋は言わなかった。

木村は黙って聞いた。

「苦しくて、母が、自分で呼吸器を外したのかもしれません。そうでないとしても、いいんです」

缶を持つ千尋の手に、わずかに力が入る。

「本当は、呼吸器を外してあげたかった。苦しがってることはわかっていたんです。でも、私にはできなかった。母が自分で外せたのなら、よかったと思いますし、事故なら、神様が楽にしてくれたんだって思います。……そのどちらでもなくても、気持ちは変わりません」

静かだが、はっきりとした意思を感じさせる強い声で言った。

事故でなくても、という言葉は意味深で、木村は思わず、缶コーヒーを口元で傾けていた手を止める。

ようやく木村のほうを見て、千尋は表情を和らげた。

いただきます、と小さく言って、ミルクティーの缶を開け、口をつける。

「私は最初の時点で、選択を間違えたのかもしれないと思っていました。こんなに長く苦しませてしまうとわかっていたら、最初から、延命治療なんてしないほうがよかったんじゃないかって」

延命治療をするかしないかを選ぶことはできても、始めた治療を止めることは、簡単ではない。
一度選べば、後戻りも、途中で止まることもできないのだ。
初めて会ったときから彼女は穏やかだったが、それが、そうあろうとする努力による
ものだということは、木村も薄々気づいていた。
家族に心配をかけないように、自分自身をもごまかすように——そんな無理を、彼女
はいつまで続けられただろう。
呼吸器が外れる「事故」が起きなければ。
「私の選択のせいで、母が苦しんでいるのに、私には何もできませんでした。普段はで
きるだけ考えないようにして、夫や息子の前では笑って、その分、関口先生や……木村
さんにも、弱音を聞いていただきましたね」
千尋は少し首を傾げるようにして、その節はありがとうございました、と苦笑する。
それから微笑んだままで目を伏せ、ミルクティーの缶を撫でた。
「でもやっと、母は、楽になったんです。私も。感謝しています」
千尋の母親の呼吸器が外れていたと聞いたとき、ほんの一瞬、嫌な想像をした。
呼吸器のチューブに手をかけた彼女の姿を覚えていたし、同じ病院の同じ病室内で、
短期間に二回も、偶然呼吸器が外れていたというような事故が起きるのは不自然だと思
った。最初の一回目は事故だったとしても、二回目は、そのことを知った誰かが、一回
目の事故に影響された結果ではないか。

呼吸器を外す、たったそれだけで、苦しんでいる患者を解放できるのだと――その人は、気づいてしまったのではないか。そう思ったのだ。

しかし、母親を苦しみから解放するためでも、自分の手で呼吸器を外して、千尋がこんな風に、肩の荷が下りたような顔をしていられるとは思えない。

彼女が関与しているわけではないようだとわかって、まずは、ほっとした。

そして、彼女が病院に対して感謝の情しか抱いていないことも、間違いないらしい。これも、喜ぶべきことだろう。

事故でも、そうでなくても、原因は問わず――と言うと若干複雑な思いもあるが――、母親が苦しまなくてよくなったという結果について彼女は安堵し、病院の対応にも説明にも、不満は抱いていない。むしろ、これまで親身になってくれた医師や病院に感謝している。それだけわかれば十分だった。

木村の仕事は終わりだ。

きっともう二度と、彼女に会うこともない。

それぞれ、コーヒーとミルクティーを飲み終えて、立ち上がる。

エレベーターの箱の中に乗り込むと、千尋はこちらへ向き直って、「お世話になりました」と頭を下げた。

木村も、無言で頭を下げる。

ドアが閉まる直前に見えた千尋の表情にもう憂いはなく、それが強く印象に残った。

# 7

その電話があったとき、木村はちょうど席を外していて、事務員が受けた電話は、高塚に取りつがれた。

執務スペースへ戻ってきた木村に、事務員が駆け寄って、「今病院から電話が」と教えてくれる。

高塚は通話を終えて立ち上がり、もうコートを着ていた。険しい表情から、何か緊急を要する事態だとわかる。

「今日、この後出られる？」

「はい。何かあったんですか？」

「笹川総合病院から連絡が来た。患者が一人亡くなったって」

またですか？　と、木村が喉元まで出かかって飲み込んだ言葉を、事務員が口に出す。

つい先月、千尋の母親が急死したばかりだ。病院なのだから、患者が亡くなること自体は日常なのかもしれないが、こうして電話がかかってきたということは、病死ではない可能性があるということだろう。

「前に呼吸器が外れる事故があっただろ。あのときと同じ患者だ。穂積昭子」

「どうして……」

「わからない。看護師が検温をしたときは安定していたのに、三時間後に見回りをしたときにはもう息をしていなかったらしい。自然死の可能性もないわけじゃないけど……」

患者の急死や「事故」に関して、病院から連絡を受けるのは、丸岡輝美の件から数えて、これで四度目だ。同じ病室でこの短期間に、この件数はいくらなんでも不自然だった。

担当看護師の過失か、医療器具の不具合か――あるいは、誰かの意思による「犯行」か。いずれにしても、病院に、特にあの病室に、何か原因があるのではないかと疑わざるをえない。

「ついさっきのことらしい。遺族にも連絡をしたらしいから、今から行こう」

これまで木村に病院のことを任せていた高塚が、今回は同行するというのも、これまでになく、今回の件を深刻なものととらえているからだ。

病院にとって、今回の事故――あるいは事件――は、致命的なものになりかねないと判断したということだった。

タクシーで病院へ急行し、エレベーターで西棟三階へ上がる。

301号室から出てきた関口医師が、こちらに気づいて会釈をした。

「すみません、急にお呼び立てして……来てくださってありがとうございます」

「いえ。状況を教えていただけますか？　この後、遺族に経緯を説明するんですよね」

「はい、五階の第二会議室をおさえてあります」

浩人は木村たちよりも早く着いて、母親の遺体と対面しているらしい。

まだ遺体はベッドの上に寝かされたままらしく、彼女のベッドの周りにだけ、薄ピンク色のカーテンが引かれていた。

「お別れが済んで、息子さんが落ち着かれたら、ご遺体を移動させます。それから、今回の件についてお話をと思っているんですが……」

HCUを出て301号室へ移って以降、穂積昭子の容体は安定していたそうだ。本日の検温時にも、何も異常は見られなかった。

看護師による検温と見回りの間の、わずか三時間ほどの間に、彼女は完全に呼吸を止めていた。発見時にはすでに硬直が始まっており、蘇生も間に合わなかったという。

長期入院患者の容体が急変して亡くなること自体は、おかしな話ではない。

しかし、普通は、亡くなるほど容体が悪くなる前に、何らかの予兆があるものなのだと、関口は言った。

「血圧や脈拍等の変化から、そろそろ危険だと感じたら、ご家族に連絡します。そのために、心拍数や血圧をモニターしているんです。危ない、となっても、集中的な延命措置で、一時的にですが、もたせることができます。ご家族が最後のお別れを言えるように……でも、穂積昭子さんの場合は、突然でした」

ご高齢なので、病状の悪化というより、老衰で自然に亡くなることはありうるんですが、と言いながら、関口の表情は暗い。何もミスがなかったのなら、老衰による自然死と考えるべきなのだろう。しかし、立て続けに起きた「事故」のせいで、病院側の人間である彼さえも、何かあるのではないかという不安を拭《ぬぐ》えずにいるようだ。

「あの……関口先生。と、弁護士の先生ですよね」

遠慮がちに声をかけられた。振り向くと、何度か見かけたことのある若い女性看護師が、物言いたげに立っている。

「お話し中、すみません。穂積さんの件で、お伝えしたいことが……」

木村たちと関口と、どちらを見て話したらいいのか迷いながら、病室のほうを気にしている様子だった。遺族がすぐ近くにいると、話しにくいことなのかもしれない。察した高塚が、目で休憩室のほうを示した。四人で、病室の前から離れようとしたとき、

「時間をいただいて、ありがとうございました」

白いシャツとベージュのズボン姿の浩人が、カーテンの奥から歩み出てきた。

はっとしたように、看護師が口をつぐみ、一歩下がる。

こちらへ歩いてきた浩人は、そのまま一度頭を下げ、それからのろのろと顔を上げた。そこで初めて、関口医師の隣にいる木村に気づいたようだった。

この場に病院側の弁護士がいるという意味について、彼がどうとらえたのかはわからない。しかし少なくとも、嫌悪感や警戒心を示されることはなかった。

「皆さんには、本当に感謝しています。また改めてご挨拶に伺います。今日は母を連れて帰って、自宅に寝かせてやりたいので……」

うつむいて、というよりもうなだれて、浩人が言う。疲れ切った様子だった。全く目が合わない。

丁寧な話し方も腰の低さも、以前と変わらないはずなのに、どこかが確実に、これまでの彼とは違った。

昏《くら》い目をして、疲れのせいか、ずいぶんと年をとったように見える。

母親の死の知らせを聞いたのは、ほんの何時間か前だろう。

その数時間の間に、彼の中から、芯になるようなものが失われてしまったかのようだった。

母親と一緒に、彼の一部も死んでしまったのではないかと心配になるほどだ。

胸が痛くなる。

長く看病してきた母親を、病院内で、ある意味不審とも言える状況で、亡くした。似た状況でも、千尋とは違う反応だ。

唯一同じなのは、千尋に続いて、浩人も、病院を恨む気がないらしいということだった。

「お疲れでしょうから、少し休んでいかれてください。病院から、これまでのことや、これからのことについてもご説明しますので」

高塚が丁重に申し出る。

浩人は、特に、病院からの説明を求めていないようだった——むしろ、早く母親を連れて帰りたいと思っているようだったが、予定通り、説明はするようだ。

後で蒸し返されないためにも、今きちんと話しておいたほうがいいと考えているのだろう。遺族を気遣う、誠実な弁護士の顔で、拒否する隙を与えず、ごく自然に「どうぞ」と浩人を誘導する。

「木村くん、知り合いなんだよね？　先に会議室に行ってて。俺と関口先生もすぐ行くから」

高塚たちは、看護師の話を聞いてから合流するということらしい。

関口の後ろで、後回しにされずに済んだ彼女が、ほっとしたような顔になるのが見えた。

第二会議室の場所は覚えている。

行きましょう、と木村が促すと、浩人も拒絶はしなかった。

ゆっくりと、後ろを——ベッドのほうを気にしながら歩き出す。

そういえば彼は、見舞いに来て帰るとき、ベッドから離れるときはいつも、また来るからねと母親に声をかけていた気がする。また来るから、それまで生きていてと、願いを込めるように。

病室を出て、エレベーターまで歩くとき、浩人は何度か振り返った。

もう目覚めることはない、声も届かないとわかっていても、母親を残してこの場を離れることを、躊躇《ちゅうちょ》しているように見えた。

＊　＊　＊

穂積浩人は今日も母親を見舞っていた。昼すぎに来て、検温に来た看護師と入れ違いで職場へ戻ったのだという。

その数時間後に、母親の急死の知らせを受けて病院へ舞い戻ることになるとは思ってもみなかっただろう。

「私が見舞ったときは、静かに息をしていたんです」

彼は憔悴《しょうすい》しきった様子だったが、高塚たちを待っている間、ぽつぽつと母親のことを話してくれた。

「検温のときも、特に異常はなかったと、さっき聞きました。……それなら、苦しまずに、眠るように亡くなったってことですよね」

それは救いですと、目を伏せたままで言う。

「関口先生にも、看護師さんたちにも、よくしていただきました。この病院で手を尽くしてもらって、それで亡くなったんだから、それは寿命だったってことだと思います」

仕事の合間に、仕事の後に、毎日欠かさず見舞いに来ていた。目を覚まさない母親に声をかけ、頼むから頑張ってくれ、生きてくれと、励ましているのを何度も見た。容体が変わって一時危篤《きとく》状態に陥ったときは、必死で祈っていたという——そんな彼が、こうして母親を亡くしても、病院に対して恨みや不信感を抱いていないらしいのが不思議だった。

それだけ、医師や看護師たちが、心を尽くして治療や看護にあたっていたということだろうか。それが家族にも伝わったから、疑わしいことがあっても、病院を疑わないのか——それとも、病院にミスがあったかもしれないと思いはしても、それを追及するつもりはないということだろうか。

いずれにしろ、病院が患者の家族との間に信頼関係を築いてきた結果と言える。病院側の弁護士としては喜ぶべきところなのだろうが、何か、すっきりしなかった。しかし、何がひっかかっているのか、自分でもわからない。

「母はきっと、もうずっと前から、疲れていたんだと思います。でも、私のために、今日まで頑張って生きてくれたんです。無理をさせました」

浩人はさきほどより、少し落ち着いたようだった。

顔色は悪いままだが、病室から出てきたときのような、ぞっとするような空虚な目ではなくなっている。あのときは、このまま彼も母親の後を追ってしまうのではと心配になるほどだったが、今は木村に対して話しながら、自分自身に言い聞かせているようだ。

彼は、大きな喪失を、受け入れようとしているように見えた。

「いつまでも私がしがみついていたら、母も休まりません。このまま静かに眠らせてあげたいと思っています」

きっちりと四回のノックの後で、ドアが開き、高塚と関口が入ってきた。

高塚はいつも通りだったが、関口の表情はどこか硬い。

高塚は、浩人に頭を下げて待たせたことを詫び、お悔やみの言葉を述べた後、ドアに一番近い席に座って、切り出した。

「お母様が亡くなられた状況については、わかっていないことがあります。午後の検温の際、兆候は何もなかったにもかかわらず、その三時間の間に突然亡くなられているので……ご家族としても気になっていらっしゃるところだと思いますが、私どもも、お母様が亡くなられた原因については調査する必要があると考えています」

いきなり本題に入る。

いつもの高塚なら、浩人に先に話させて、様子を見てからアプローチの方法を考えそうなものなのに、病院にとっては不利益につながりかねない話題を、彼のほうから持ち出したのは意外だった。

問題に正面から向き合う姿勢を、誠意の表れととらえたのか、浩人は「ありがとうございます」と言って目を伏せる。

「でも、もういいんです。原因を調べても、母が戻ってくるわけではありませんし……」

こんな話をするのも辛いのだろう、視線は会議室のテーブルに落とし、力なく言った。

「入院患者の容体が急変して亡くなることは珍しくないと聞いています。母は長く入院して、弱っていましたから……寿命だったのだと思っています」

病院の責任を追及するつもりはない、死因についての調査は必要ないと、言っているようなものだ。その気力もないのかもしれない。

彼が、今は、正義より、誠意より、悲しみを癒《いや》す時間を欲しているのがわかった。

浩人の心痛を思うと、手放しでは喜べないが、丸岡輝美の案件のように浩人と争わなければならない事態にはならなそうで、木村もほっとする。

高塚は頷き、浩人の発言を一旦は受け入れる姿勢を見せてから、

「お母様はご高齢でしたから、自然に亡くなられたのかもしれません。ですが、そうでない可能性がある以上は、そのままにしておくことはできません」

テーブルの上で両手の指を組み、浩人を見据えて言った。

「病院としても、お預かりしていた大切な患者さんのことですので、病院側に不備がなかったか等、きちんと調査をする必要があると考えています。さきほど、警察に検視を要請しました」

浩人が顔を上げる。木村も、思わず高塚を見た。

まったく予想していなかった。

遺族である浩人が、死因について調査を希望していないのだ。本当なら、病院として

は、事を荒立てられずに済んで、胸をなでおろすところだ。

せいぜい、後で話を蒸し返さない、十分に説明を受け納得したという内容の書面に浩人の署名でももらって終わりだろうと思っていたのに――遺族からの求めもなく、病院からすすんで通報するとは。

木村も驚いたが、浩人はそれ以上に動揺しているようだ。顔を強張らせ、「検視……?」と呟《つぶや》く。

「警察が来て、お母様の状態を確認した後で、司法解剖が行われると思われます」

浩人は立ち上がり、青ざめた顔を高塚へ向けた。ついさっき、母親を静かに眠らせてやりたいと言っていた彼にとっては、酷な宣告だ。

「そんな……解剖なんて」

「申し訳ありません。このように外因による死亡の可能性がある場合、医師法の定めで、医師には届出義務があるんです」

悲痛な表情の浩人に、眉根を寄せ声に同情を滲ませながら、高塚が言う。

「外部機関による調査のほうが、ご家族にもご安心いただけると思いますので……もちろん、病死とわかれば、ご遺体はすぐにお返しします」

丁寧だが有無を言わせない口調だった。

入院患者を別室に移し、301号室は一時的に閉鎖されるらしい。今日母親の遺体を自宅へ連れ帰れない、それどころか、現場を保存するため、今日中は301号室へ入ることもできないとわかって、浩人は愕然《がくぜん》としている。

病院側には届出をする義務があり、遺族の希望は関係がないとなれば、抗議しても無意味だ。浩人もそれはわかったらしく、必要以上に高塚に噛みつくようなことはなかった。

しかし、見ていて心配になるほど青い顔をして帰って行った。

関口も、無言で会釈をして、仕事に戻って行く。

彼も、浩人ほどではないが、暗い顔をしていた。自分の担当していた患者が亡くなったうえ、その死に事件性があるかもしれないというのだから無理もない。まして、彼が担当していた患者が亡くなるのは、木村の知っているだけでもこれで三人目だ。

気を落とさないでくださいと声をかけたかったが、それができる雰囲気でもなかった。

見送った後で、高塚を見る。

「警察を呼んだんですね。びっくりしました」

患者の予期しない死亡について異常な点・不審な点があれば病院に届出義務があるというのはその通りだが、今回の件は、異常死と呼べるほどのものかというと微妙なところだ。

木村個人としては、少しでも不審点があるのなら、きちんと調査をするということには賛成だったが、遺族と揉めているわけでもない高齢の入院患者の死亡について、病院がわざわざ外部機関に報告して調査を求めるとは思っていなかった。

「死因が不明とは聞いていましたけど……病院は、そういうの嫌がるかと」

普通はそうだけどね、と、廊下を歩きながら高塚が口を開く。

「301号室の入院患者がね。検温から見回りまでの間に、あの病室に誰かが出入りするのを見たと、看護師に言っているらしい」

彼女か、と顔が浮かんだ。今は301号室の唯一の入院患者になってしまった、ベッドに折り紙を飾っていた、廣井美津。

さきほど看護師が言っていた、伝えたいことというのはそれだったのか、と思い当たる。

美津が看護師に話した内容によれば、彼女が午後の検温の後、うとうとして、ふと目が覚めたとき、穂積昭子のベッドのまわりにはカーテンが引かれていたそうだ。何だろうとぼんやり見ていると、そこから白い服を着た男が出てきたらしい。

その後しばらくして看護師が見回りに来て、昭子が呼吸を止めているのを発見した。

(それって)

それで警察を呼んだということは、つまり。

高塚を見ると、そういうことだよ、というように頷かれる。

「その男はカーテンを引いて、何をしていたんだろうね」

彼は穂積昭子の死亡を、自然死どころか、事故ですらなく、事件かもしれないと考えているらしかった。

＊　＊　＊

現場検証と司法解剖が行われ、その結果はすぐに出た。

穂積昭子の死因は、窒息死だった。

事故の可能性もゼロではないが、同室の患者の目撃証言から、やはり他殺の可能性が高いと考えられているらしい。他にも何か、他殺であることを示す証拠が見つかったのかもしれないが、木村や病院側には、詳しいことは伝えられていない。現在捜査中なのだから、当然と言えば当然だ。

「首を絞めた痕《あと》なんかはなかったらしいけど、跡を残さずに窒息させる方法もあるからね。枕とか手で、口と鼻をふさぐとか」

事務所のラウンジでコーヒーを飲みながら、高塚が言った。

「枕で口をふさいだなら、唾液が枕についてるかもしれないし、逆に口に繊維が残ることもあるだろうから、変死と考えたうえで詳しく調べれば、色々わかることもあるんじゃないかな」

「……そうですね」

穂積昭子は、池田千枝子とは違い、呼吸器が外れただけで呼吸ができなくなるような患者ではなかった。つまり、昭子の呼吸を止めるために、外部から、積極的な働きかけがなされた可能性が高いということだ。それはわかっていたが、寝たきりの、病気の老女を手にかけた人間がいると想像しただけで、気分が落ち込む。

病院側の不備による事故死ではなく、病院と無関係な人間による他殺だったとすれば、病院に責任はないということになる。そういう意味では、病院にとってはよかったと言えなくもないのだろうが——さすがに、関口をはじめ、関係者は誰一人、これで安心だとは言わなかった。

弱って余命いくばくもなかっただろう入院患者を、誰が、何の目的で殺したというのか。それも、病気を治療するための、安全であるはずの場所で。

それを考えるのは木村の仕事ではないが、頭から離れなかった。

「もともと人手は不足していたみたいだけど、その中でも特に人が少ない時間帯の犯行だ。たぶん、犯人はある程度、看護師のシフトとか、病院の内部の事情を知っていたんだろうね」

笹川総合病院では、毎日、患者たちの昼食を下げて、午後の検温を終えた後、看護師たちが一室に集まり、カンファレンスを行っていた。カンファレンスは看護師だけのものだから、医師や見舞客が通りかかる可能性はあるが、それでも、目撃される可能性は相対的に低くなる。犯人は、そこを狙って犯行に及んだのだろう。

「犯人は病院関係者ってことですか？」

「いや、患者や家族や、入院経験者だって知ってることだからね。まあ普通に考えれば、最初にあがってくる容疑者は息子じゃないかな」

「穂積さんを疑ってるんですか⁉」

「病院側の弁護士だよ。病院の外に『犯人』を想定するのは当然でしょ」

ことをなげに言って、高塚はカップを置いた。

確かに、医者や看護師が寝たきりの患者を殺す動機は思いつかないし、赤の他人がいきなり病院に侵入して患者を殺害するというのも、現実的には考え難い話だ。

301号室で目撃された「容疑者」は、白っぽい服を着ていたらしい。目撃した廣井美津は、そのときは、白衣を着た医師か看護師が様子を見に来たか、何かの処置をするために来たのだろうと思ったそうだ。

あの日、浩人は白いシャツを着ていた。

「それにしたって……母親ですよ」

「殺人事件の犯人は九割が被害者の顔見知りで、半数以上が親族だよ」

遺産とか保険金とか、利害関係がありそうでしょ。そう言われると、反論はできない。

遺産目当ての殺人も、看護に疲れての殺人も、決して珍しくはない話だ。

「推理小説じゃないんだから、意外な犯人なんてそうそうない。大抵の場合、利害関係があって一番怪しい奴が犯人なんだよ」

「そうですけど……」

母親の無事を願って、必死な顔をしていた浩人を覚えている。演技には見えなかった。

毎日見舞いに通い、母親に声をかけ続けていた彼を、木村だけでなく、関口や看護師たちも見てきている。

後で疑われないようにするためだけに、そこまでしたのだろうか。

「……俺には、穂積さんは、本当に母親を心配しているように見えました。利害関係を考えると、真っ先に疑われるのはわかりますけど……」

高塚は、縋りつくように母親の手を握って祈っていた浩人を知らない。

実際に母親に付き添う様子を見ていなければ、木村も、彼を疑ったかもしれなかった。

警察も、高塚と同じように考えているはずだ。捜査状況は聞こえてこないが、事情聴取くらいは行われているだろう。

大事な家族を亡くして、ただでさえ辛いときに、容疑者にされるというのはどれほどのストレスかと、想像するとまた胸が痛んだ。

「まあね。長く自宅で介護してたって話は聞いてるよ。介護疲れや遺産目当てなら、わざわざ病院に移ってから殺すかなっていうのは、確かに俺も思うけど」

「あっ、そうですよね。変ですよね」

そうだ、浩人は、何年も母親と二人暮らしだった。遺産目当てで殺したというなら、要介護の母親を殺害するチャンスはいくらでもあったはずだ。自宅で介護しているときよりは、入院した後のほうがずっと負担は軽くなったはずなのに、入院してから介護に疲れて殺害というのもしっくりこない。

やっぱり違う、と木村は安心しかけたが、高塚は「でもさ」と、すぐにまた口を開いた。

「穂積昭子の呼吸器が外れてたって事故、前にあったよね」

あれも気になってるんだよね、と言いながら、人差し指の爪でカップの側面を弾く。もう片方の手は顎に当て、目を伏せた。考えているときの癖だ。

「偶然かな。普通に考えて、こんな短期間に、そうそう怪しい事故が続くことってないと思うんだよね。一度失敗して、今回完遂したって考えるのが普通じゃない？」

確かに、不審に思う頻度ではある。しかし、それを言うなら、「被害」に遭ったのは穂積昭子だけではない。

「千尋さんのお母さんの——池田千枝子さんのことはどうなるんですか？　あれも事故じゃなかったってことですか？　穂積さんに、彼女を殺す動機なんてないですよ」

二人の患者は無関係だったはずだ。浩人はもちろん、彼以外にも、両方を殺す動機のある人間なんているとは思えない。高塚も、まさか、これが連続殺人だと考えているわけではないだろう。そう思って反論した木村に目も向けないまま、

「さあ、そっちは偶然かもしれないけど、前回の穂積昭子の事故は息子のしわざだろうから、もしかしたら一度失敗したのを踏まえて、同室の患者で練習したのかもね」

高塚は耳を疑うようなことをさらりと言った。

「呼吸器を外して何分で死ぬかとか、……ああ、穂積昭子は事故の後は呼吸器をつけて

なかったっけ……じゃあ、患者に何かあってから、看護師が来るまでどれくらいかかるか計ったとか」

「そんな……」

それでは完全に計画的殺人だ。それも、ぞっとするほど冷酷で、周到な。

高塚は目を上げて木村を見て、可能性の話だよ、と言った。

「随分熱心に見舞いに通って、母親の容体が悪化するとすごく動揺して、死なないでくれってずっと声をかけてたって……それは、病院からも聞いてる。けどその割に、実際に亡くなった後は思ったより取り乱していなかったよね。それが悪いとか、怪しいっていうんじゃないよ。でも、木村くんだって、意外に思ったんじゃない？」

「それは……」

確かにそうだ。

「原因不明で亡くなってるのに、病院を疑ったり責めたりするようなそぶりもまったくなかったし、説明すら求めなかった。調査も希望しなかったよね。こちらが調査と解剖をすると言ったときも、歓迎してないみたいだった」

「………」

「普通だったら、遺族は死因を知りたがると思うし、今回みたいな場合は特に、病院の対応が十分じゃなかったんじゃないかって疑っても不思議はないと思うんだけど」

高塚の言うことは、いちいちもっともだった。

あの日、浩人はひどく落ち込んでいた様子だったが、木村たちが駆けつけたときにはすでに、母親の死を受け入れていた。あれほど必死に、縋りつくように、死なないでと母親に繰り返していた割には落ち着いていると、意外に思ったのは事実だ。

千尋もそうだった。毎日見舞って、世話をしてきた母親だったけれど、亡くなった後は、後悔や恨みを抱くことはなく、どこかすっきりした顔をしていた気がする。

大事な人を長く看病して、実際に亡くした人でなければ、その気持ちはわからないのかもしれない。

「自分のわがままで引き止めた母親を、ゆっくり休ませてあげたいと言っていたので……原因を調べてもお母さんが戻ってくるわけじゃないし、うじうじしていちゃダメだって、一生懸命前を向こうと努力した結果かもしれません」

気が付けば、口に出していた。

病院にとっては、病院とは無関係なところに「犯人」がいてくれたほうが都合がいいのだろうから、自分が浩人を擁護《ようご》するのもおかしな話なのかもしれないが――もう回復することはないとわかっていて、それでもせめて、少しでも長く生きてくれたら、少しでも声が届けばと、母親のもとに毎日通っていた彼らを覚えている。

亡くなった後に泣き暮らしていなかったから、取り乱して周囲に当たり散らして病院を訴えなかったから、彼らが悲しんでいない、母親を愛していなかったということにはならないはずだった。

「それに、覚悟していたんだと思います。お母さんが長くないことは、ずっと前からわかっていたはずですし」

もう十分生きた母親に、生きていても苦しいだけの母親に、死なないでと縋るのは親離れができていないのだと、美津は言っていたけれど、おそらく浩人自身もわかっていた。

わかっていても、どうしても、少しでも長くと願ってしまう。彼は自分のエゴを自覚しながら、少しずつ、覚悟をしようと努力していた。

母親の遺体を前にして、浩人が取り乱さずに済んだのは、与えられた猶予《ゆうよ》期間に、心の準備をしたからだろう。

きっと、穂積昭子は息子のために、頑張って生きたのだ。息子が大丈夫になるまで、待っていた。

「前に、穂積さんを家裁で見かけたんです。いつまでも、一日でも長く生きてくれって祈り続けるばかりじゃなくて、ちゃんと現実にするべきことをしなきゃって、彼も思ってたんじゃないでしょうか」

「家裁で？」

高塚が反応した。

「家裁のどこで見たの？」

「ロビーですけど、手に何か書類を持っていたので、窓口に何か訊きに行った帰りみたいでした。後見のことか、相続のことか、わかりませんけど……あ、仕事も何か大変みたいだったんで、簡裁のほうだったかもしれないですけど」

高塚はラウンジの硬い椅子の上で座り直す。

ちょっと、その息子のこと詳しく聞かせて、と言われてたじろいだ。

高塚の表情が変わっていた。

「そんなに深い話はしてませんよ。二、三回話しただけなんです。すごくお母さん思いだって印象しか……ええと、確か」

浩人との短い会話や、看護師たちから聞いた話を思い出す。

「両親が早くに離婚して母子家庭で育って、お兄さんも行方不明でずっと母一人子一人だったとか……お母さんが倒れてからは、自宅で彼が介護してたこととか。小さい会社を経営しているとかで、比較的時間の自由がきくって……でも、忙しそうでした。その合間を縫ってお見舞いに」

「行方不明？」

「単にずっと連絡がとれないってだけかもしれないですけど」

高塚は少しの間、考えこむように黙った。

穂積昭子は明日をも知れない状態だった。その息子が、家庭裁判所にいたことについては、何もおかしくはない。

入院費用を母親自身の財産を使って用意するために、成年後見の手続きをしようとしていたのかもしれないし、相続について聞いたり、書類をもらいに行ったりしたのかもしれない。そうだとしても、それは、決して責められるようなことではなかった。たとえば相続放棄には期限があるから、動けるうちに早めに動いて用意をしておくのは不自然なことではない。

高塚も、それを薄情だと責めるような考えは持っていないはずだ。

彼の中で何がひっかかったのか、わからなかった。

「どうかしたんですか？」

「ちょっとね。思いつきだから、確認してみないと」

高塚はそれ以上は言わず立ち上がる。

何か考えていることはわかったが、確認がとれるまで、話してくれる気はなさそうだ。

カップの底に残った冷めたコーヒーを流しに捨て、そのまま行ってしまった。

その後高塚はどこかに電話をしていたが、それ以降、浩人のことには触れなかった。

# 8

丸岡凌子対笹川総合病院の、六回目の口頭弁論期日、丸岡輝美の担当看護師だった中根小百合の証人尋問が行われた。

本人の看護師としての経歴を聞いた後、事故が起きた日のことをたどっていく。

中根は最初は緊張している様子だったが、打ち合わせや練習の甲斐《かい》あってか、質問に答えるうちに少しずつ落ち着いてきたようだ。

「食事の最中に丸岡輝美さんがむせてしまって、それで、あなたはどうしましたか」

「背中をさすって、声をかけました。咳き込んでいましたが、何も吐き出さなかったので、口の中には何も入っていないようだと思いました。でも念のために口を開けてもらって、確認してから、お茶を飲ませました」

「お茶を飲ませる前に、口の中に食べ物が残っていないか、確認したんですね」

はい、と証人席の彼女は答えて、深く頷く。

尋問の様子は録音されているので、質問には声に出して答えるようにと伝えたのを、きちんと守っている。

「看護記録には、お茶を飲ませたことは書いてありますが、口の中を確認したことは書いてありません。どうしてですか？」

原告側から訊かれるであろうことは、先にこちらから訊け、と高塚に言われていた。不利な事情は特にそうだ。どう答えるかについても綿密に打ち合わせをしてあったので、中根も動揺したりはしない。

「当たり前の手順だからです。いつも、一口食べるごとに、口の中に食べ物が残っていないか、ちゃんと飲み込めたかは確認しています」

当初から主張していたとおり、打ち合わせどおりの答えを、マイクに向かって答えた。

木村は彼女を勇気づけるために、無言で頷いて見せ、

「本当は口の中に食べ物が残っていたのに、お茶を飲ませたせいで、食べ物が流されて、気管に入ったということはありませんか」

もう一つ、彼女にとっては厳しい質問を続ける。

中根は少しうつむきながら、「わかりません」と答えた。

「私が確認したときは、食べ物は見えませんでしたから、ないと思いますが……」

「事故直後に撮られたレントゲン写真によれば、患者の気管に異物が入っていたことは明らかですね。患者の喉に詰まっていたのは、あなたが食べさせたものですか」

「……そうだと思います」

口の中に食べ物が残っていないかどうか、確認してからお茶を飲ませていれば、こんなふうに異物が気管に入ることはない、というのが原告側の主張だった。丸岡輝美の気管に、異物――食べ物が入っていたこと、それが原因で窒息したことは、争いようのな

い事実だ。彼女は意識を失ってから、誤嚥性肺炎を患いながらも二ヵ月間生きているので、直接的な死因かどうかはわからないが、「看護師が介助しながらの食事中に患者が喉を詰まらせた」という事実については、争いようがない。

問題は、それが、看護師のミスによるものだったと言えるかどうかだ。

「確かに確認しましたが、丸岡さんは口を大きく開けてくれなくて……奥のほうの、見えないところに、食べ物が残っていた可能性がないかと言われたら、絶対にないとは言い切れません。でも、そのとき確認した限りでは、見えませんでした」

どんなに看護師が注意を払っても、患者が喉を詰まらせることはある。看護師が注意できるのは、食べ物を口に運ぶところまでだ。

丸岡輝美が喉を詰まらせ亡くなったことが、避けようのないことだったとまでは言えないかもしれない。それでも、その死に関して看護師や病院に責任を負わせることまではできないと、裁判所が判断すれば十分だった。

中根にも、それは説明してある。

「丸岡さんは苦しそうにしていて、気管だけでなく食道のほうにも食べ物がつかえているようだったので、楽にしてあげなければと思って、お茶を飲ませました。丸岡さんを数人がかりで押さえつけて無理やり口を大きく開かせて、すみずみまで口の中を確認していれば、食べ物が口の中に残っていたのが見つかったのかもしれません。でも、そのときは、そうしませんでしたし、できませんでした。すでに丸岡さんは苦しそうにしていたので、急いで口の中を確認して、お茶を飲ませたんです」

中根は、一言一言はっきりと、確認するように丁寧に話した。

「丸岡さんが亡くなる原因になったのが、私がお茶を飲ませる前に飲み込んだ食べ物だったのか、その後で、口の中にあった食べ物がお茶で流されて喉に詰まったのかは、わかりません。ただ、はっきり言えるのは、私は丸岡さんに一口食べてもらうごとに、飲み込めたかどうか確認していましたし、丸岡さんが喉を詰まらせたときも、できる限りの対応をしました。お茶を飲ませる前に、口の中に食べ物が残ってないかも確認しました。私が見た限りでは、食べ物は残っていませんでした」

喉を詰まらせたときの丸岡輝美の様子、その後の処置、食事介助の手順、誤嚥事故がどの程度あるものなのかや、看護師としての労働環境についても、中根は淀《よど》みなく説明する。

彼女の口から言わせたかったことは、すべて聞くことができた。裁判所に事前に伝えた、二十分の尋問時間はもう終わる。

一呼吸置いてから、最後の質問をした。

「丸岡輝美さんが亡くなったことについて、どう思いますか」

事実認定については、あまり関係のない質問だ。

それでも、訊かなければならないことだった。

彼女はすぐには答えない。

木村を見て、質問を聞いて、うつむいた。それから、うつむいたままで口を開く。

「長い間……担当させてもらっていたので、悲しいです」

さきほどまでの、看護師として医師に報告をしたり、患者に説明をしたりするときのような話し方とは違った。

証人としての役目を果たさなければという気負いがなくなり、素の彼女が見えた気がした。

「私が食事の介助をしているときに、あんなことになって……忘れられません。すぐに吸引を試みて、先生を呼びましたけど、助けられなくて……どうすれば防げたんだろうと、今でも毎日、考えます。忘れたことはありません」

最後のほうは声が震えていた。すみません、とマイクでは拾えないくらいの小さな声で言って、目頭を押さえる。

原告代理人の隣で、丸岡凌子は、じっとそれを見ていた。


尋問の後、裁判官は木村と原告側代理人を呼んで、和解の可能性について訊いた。

「裁判所としては、和解を勧めたいと思っています。双方代理人、いかがですか」

双方の主張が出尽くした段階で、裁判所としての心証はおそらく、おおむね固まっている。それを踏まえて、判決ではなく、和解案を出すということらしい。

何度か口頭弁論期日を重ねたところで裁判所から和解勧告があるのではないかと、高塚が言っていたが、その通りになった。

和解案が出てくれれば、そこから裁判所の心証も透けて見える。裁判所が、どのような解決を妥当と考えているかがわかるから、和解をするなら、この段階が一番、依頼人を説得しやすい。

木村も、原告代理人も、内容次第で和解する用意はあると答えた。

裁判官は頷いて、次回は傍聴席のある法廷ではなく、ラウンドテーブルを囲んで話し合いができる個室の法廷で和解期日を入れる、と宣言した。

「それまでに裁判所から和解案を出しますので、当事者と検討してください。次回期日に話し合いましょう」

電話連絡でもよかったが、来月退院予定の由紀乃の顔も見たかったので、裁判所を出たその足で病院へ報告に行った。

裁判所から和解案が届いたら連絡して相談する、具体的な支払可能金額に関しては、事務所側から保険会社に確認しておくと、笹川院長に簡単な報告を終える。

院長室を出ると、廊下で関口が待っていた。

「一ヵ月後に、和解期日が入りました」

訴訟がどうなっているかが心配で待っていたのだろうと察して、院長に報告したのと同じ内容を伝える。

「裁判所が、和解案を出してくれるそうです。裁判所の出す案、ということは、裁判所が『こういう内容で和解するのが妥当な解決』と思っているということなので、原告側も、和解を受け入れる可能性が高くなると思います。仮に相手が和解に応じなかったとしても、判決になった場合にどういう内容になりそうかっていう目安にもなりますし……具体的な案が届いたら、またご連絡します」

関口は、和解になりそうだと聞いて少し安心した様子だった。

そうですか、と頷き、少しの間黙っていたが、

「和解期日は、いつですか」

やがて、思い切って、というように顔を上げて言う。

「私も、同席させてもらえないでしょうか」

「え？ ……和解の席にですか？」

「はい。丸岡さんのご家族とは、ちゃんとお話ができていなかったので」

予想もしていなかった申し出だった。

和解の席に当事者が同席すること自体はよくあるが、病院や会社は、忙しい代表者が裁判の手続きに時間を割かなくていいように弁護士を雇っているのだから、大抵の場合は代理人だけが出廷する。

そもそも、関口は担当医だったというだけで、病院の代表でも何でもない。厳密には、この訴訟の当事者とは言えない。

「病院側にミスがあったとは、私は思っていません。でも、丸岡淩子さんが訴訟を起こした気持ちも、わかる気がするんです。家族を亡くした遺族の方が、どうして、と思うのは当たり前のことですし……不信感を抱かせてしまったのも、きちんと説明して納得してもらえなかったのも、病院側にも原因があったと思います」

結局私は、医者として、丸岡さんに何もできませんでした。そう言って、関口は悔しそうに顔を歪めた。

「係争中は、相手方と直接やりとりをすることはできませんでしたが……和解が成立したら、一言、ご挨拶をしたいと思っていたんです」

和解期日の手続きは、公開の法廷ではなく、個室で行われるため、担当医であっても同席は断られる可能性が高いと説明したが、部屋には入れなくてもいいから、一緒に行かせてほしいと頼みこまれる。遺族と直接話したいということは、ずっと前から考えていたらしい。

当事者同士が顔を合わせて感情的になり、せっかくまとまりかけていた和解がダメになってしまった……という話も聞いたことがあるが、彼ならば、遺族を怒らせるような不用意な発言をすることもないだろう。

むしろ、病院側の人間が、それも、丸岡輝美の担当医だった関口が、わざわざ裁判所まで足を運ぶということで、原告も病院側の誠意を感じてくれるかもしれない。

結局、病院側の許可が出たら、個室には入らず裁判所の廊下で待つなら、ということで了承した。

（本当に、患者思いでいい先生だな）

丸岡凌子は他県に住んでいて、仕事も忙しく、頻繁に見舞いには来られなかったから、関口と顔を合わせる回数もあまりなかったそうだ。

日頃からもっときちんとコミュニケーションがとれていたら、訴訟になるまでこじれることもなかったかもしれない。

（現に、毎日見舞いに来て関口先生とも話をしていた千尋さんや穂積さんとは、揉めずに済んだわけだし……っていうのは飛躍しすぎか）

そんな簡単な話でもないだろう、と頭に浮かんだ考えを打ち消す。

確かに、医師との信頼関係は大きな要因の一つだろうが、彼らが母親の急死に際して病院を責めなかった最大の理由は、もっと別のところにあるような気がしていた。

丸岡輝美よりも、穂積昭子や池田千枝子のほうが、症状としては重かった。

浩人や千尋は、母親が入院する前、自宅で看護をしていて、入院後も足しげく見舞いに通っていた。丸岡凌子と比べて、母親を思う気持ちが弱かったわけでは決してない。

それでも、彼らは、木村には意外に思えるほどあっさりと、母親の死をどうしようもないこととして受け止めたように見えた。

その理由が、最初はよくわからなかった。今は、なんとなく、わかるような気がする。

もともとの性格もあるだろうし、病院や医師との信頼関係も影響しているだろう。しかし、きっと、それだけではない。

彼らは誰より家族の回復を祈っていて、誰より一生懸命に家族に尽くして、そのせいで、誰よりも疲れていた。苦しんでいた。

だからこそ、その大事な家族の死は、大きな喪失で――同時に、解放でもあったのではないか。

そんなことを思う。

それは当たり前の感情で、責められるようなものではないと思うけれど、本人たちにそう言えるほど無神経ではなかった。

＊　＊　＊

「何があったの？」

湯気の立つ紅茶のカップが木村の前に置かれて、はっとする。

由紀乃の部屋で、考え込んでしまっていた。久しぶりに見舞いに来たのに。

「ごめん。何でもないよ。ちょっと考えごとしてた」

「お仕事のことを？」

「というか……延命治療のこと。仕事の関係で、療養病棟の人たちと話をしたんだけどね。患者さんの家族とか。それで、ちょっと色々考えちゃって」

由紀乃のような少女に――それも、彼女自身が入院患者であるのに――こんな話をするのはどうかと躊躇したが、彼女は興味を持っているようだった。

木村の向かいに座って、自分の分のカップに砂糖を少しと、ミルクを入れて、小さなスプーンでかきまぜながら首を傾ける。

「聞いたことがあるわ。療養といっても、その結果回復して退院できる患者さんのほうが少ないみたいね。延命のためだけの入院となると、患者も、家族も、複雑でしょうね」

スプーンをソーサーの上に置いてカップを持ち上げ、

「私なら、もし不治の病で命があと少しだったら、誰とも会えない病院で集中的な治療を受けて少しくらい命を長らえるよりは、家族や友人と過ごして自宅で死にたいって思うかしら」

世間話でもするような口調で、どきりとすることを言った。

由紀乃がこういうことを言うのは初めてではない。この年頃の少女はこういうことを考えたり、人と話したりしたがるものなのかもしれないが、彼女が入院中の患者であるせいで妙に身構えてしまった。

由紀乃自身が気にしていない風なのに、過剰に反応するのも不自然だ。できるだけ何気ない口調で、

「由紀乃ちゃんは、もうすぐ退院だろ」

と返し、紅茶に口をつける。

由紀乃は、「もしもの話よ」と微笑んでカップをソーサーの上に下ろした。

「でも、ここの療養病棟はほとんどが高齢の患者さんでしょう。病院内をよく散歩するから、私も、療養病棟には行ったことがあるの。そういう患者さんの場合は、また違うかもしれないわね。できれば自宅で最期のときを迎えたい、と思うのは共通じゃないかと思うけれど」

確かに、由紀乃のような若い患者と、病気を別にしても、高齢のために自力では歩けなかったり、食事もできないような状態の患者を、一緒にはできない。それ以前に、患者も家族も、考え方は人それぞれだろう。由紀乃のように、「治らない病気なら延命のための入院はせずに、できるうちに、できるだけ好きなことをしたい」という考えの持ち主は多いだろうが、その中に、実際に不治の病に侵されたときに、延命治療はしないと即座に決断できる人間がどれだけいるか。

そして、患者本人が、はっきりとした意思表示をしないまま判断能力をなくしてしまっているような場合は、その判断は家族に委《ゆだ》ねられることになる。

「本人の意思がはっきりしていて、入院は嫌だ、自宅で最期を迎えたい、って意思表示していているなら別でしょうけど、家族としては、入院すればもっと生きられるとわかっていて、そうさせないことには抵抗があるかもしれないわね。自分では判断ができないよ

うな患者さんの場合は、自宅で何かあってもすぐに対処できないし、病院でみていても
らったほうが安心だって、家族が入院を勧めることも多いんじゃないかしら」
「……そうだね」
自分で決めるのも難しいのに、大切な人の最期について、命について、決断するのは
大変なことだ。
何を選んでも、後で、あれでよかったのだろうかと悩むだろう。それをわかったうえ
で、それでも、選ぶしかない。千尋も、浩人も、そうしたのだ。
「関口先生がおっしゃってたわ。完治に向けた治療ができない病気の場合、患者や家族
が心安らかに過ごせることが一番大事だって。医者や看護師も、治せない、って絶望す
るんじゃなくて、そのための手伝いをするべきだって」
木村も、関口の言葉を覚えていた。
延命治療をすると決めた患者にも、しないと決めた患者にも、家族の支えが必要にな
ること、そして、その家族にも、サポートが必要だということを、彼は医者としての仕
事を通して実感したのだろう。
病気を治すだけが医者の仕事ではない。治らない患者にも、その家族にも、できるこ
とがあると言った彼は、実際に、療養病棟の患者の家族たちと話をし、信頼を得ていた。
そのおかげで、救われた患者や家族は多いだろう。千尋もきっと、その一人だ。
「関口先生はいい先生だね」

「ええ、とっても熱心な先生よ」

彼は由紀乃の担当医でもあるらしく、一人で入院している彼女のことを気にかけていた。

彼のような医師や、そんな医師のいる病院を守るのが病院側弁護士の役目だとしたら、それは多くの患者の利益にもつながる、やりがいのある仕事だった。

（でも、病院を守ることは、単純に、「勝つ」ってことは、違う気がする）

病院と患者は、本来、敵同士ではなかったはずだ。どちらかが悪者というわけでもない。

病院側の弁護士として、病院を守ることを第一に考えるべきなのはわかっているが、そもそも、その守るべき病院が、患者や家族の身体や心を救うためのものであることを考えると複雑だった。患者側の気持ちもわかってしまうから、なおさら。

（弁護士には、何ができるのかな）

患者のために誠実に働く医師や看護師と、家族を亡くした遺族と、両方が納得できる解決のために。

この事件は木村くんに向いてると思うよと、高塚に言われたことも思い出した。

そういえば、訴訟の相手を叩きのめせとは言われていない。それがゴールなら、自分などより、よほど適役がいくらでもいただろう。

木村にこの仕事を任せたということは、高塚や事務所のパートナー弁護士たちも、白黒をはっきりつける結末はふさわしくないと考えているのかもしれなかった。

「関口先生を見習って、俺も頑張るよ。由紀乃ちゃんの退院のときには、すっきりした顔で見送れるように」

「きっと大丈夫よ。木村さんはいい先生だもの」

「あはは、……ありがとう。そうだといいけど」

弁護士としての木村を知るはずもない彼女が、自信に満ちた様子で言うのに苦笑する。

しかし由紀乃は笑わずに、本当よ、と言葉を重ねた。

「弁護士の先生としての腕？　とか、そういうことはわからないけれど。話をすれば、どんな人かはわかるものよ」

結局、一番大事なのはそこじゃないかって思うの、と、言って彼女は優雅にカップを持ち上げる。

そうかもしれない。

医者も、弁護士も——結局のところは。

目が合うと由紀乃は微笑んで、紅茶のおかわりは？　と訊いた。

そういう彼女は、弁護士にも医者にも向いていそうだ。彼女がどんな大人になるのか、とても興味があった。

「退院しても友達でいてくれるかな」

空のカップを渡しながら尋ねる。

いくらなんでも子どもっぽい質問だったかと口に出した瞬間に後悔したが、由紀乃は笑顔で、嬉しいわ、と答えてくれた。

＊　＊　＊

数日後、裁判所から和解案が届いた。

病院が、丸岡凌子に解決金百万円を支払うという内容だった。

請求額の三十分の一だ。

裁判所は、丸岡輝美の死について、病院の責任を認定できないという心証を抱いているらしい。

（判決になっても、負ける可能性は低いってこと……だけど）

何が何でも一円も払わずに終わらせろと、言われているわけではない。

高塚も、和解案を一目見て、悪くないと言った。

保険会社に連絡を入れ、百万円は保険で賄えることを確認する。

この額で和解した場合、病院に損害はないということだ。

百万円を支払うことになっても、病院にとっては、納得できる解決だった。

あとは、原告、丸岡凌子だ。

百万円を受け取ることが、彼女の納得できる解決だろうか。

# 9

丸岡凌子との和解期日の前日、穂積浩人が逮捕されたことを、インターネットの最新ニュースで知った。

見落としそうな小さな記事だった。

逮捕に至る経緯については、木村は知らない。

信じたくはなかったが、警察が逮捕に踏み切ったということは、証拠が見つかったのだろう。高塚も、何かを気にしていた様子だった。もしかしたら彼が、警察に何か言ったのかもしれない。

結局、高塚の言っていたとおりになった。

穂積昭子の死については、病院とは関係のないところで起きた事件だったと、はっきりした。

高塚が何かしたとしても、せいぜい捜査に何等《なんら》かのヒントとなる情報を提供しただけで、病院を守るために浩人を犯人に仕立て上げたわけではない。真実を明らかにするという面でも、依頼人である病院の利益を実現するという意味でも、望ましい結果と言える。

しかし、心は晴れなかった。

浩人が母親を心配していた、あの態度が演技だったとは思えなかったのだ。

(後で疑いの目を向けられないように、最初から演技をして、心配しているふりをして、毎日見舞い続けるなんて、できるとは思えない)

殺人の動機はほとんどが単純なものだと、高塚は言ったけれど、本人にしかわからない葛藤の果てに罪を犯す人間もいるはずだ。

インターネットの記事には、会社を経営している浩人には多額の借金があり、返済に困っていたということが書いてあった。ほんの数行だったが、遺産目的の犯行である可能性があることをほのめかす内容だ。

浩人に借金があったことは事実でも、それは表面的な一要素に過ぎない。しかし、それはわかりやすい動機になる。

きっとこれから、この事件と浩人には、介護疲れだとか遺産目当てだとか、皆が納得しやすいレッテルが貼られることになるだろう。

彼が、母親が入院する前は長く自宅で介護をしていたこと、入院してからも毎日通って母親に付き添っていたこと、どれだけ真剣に母親の回復を祈っていたかも、知らない人たちが、浩人を殺人者として責め立てることになる。

真実を明らかにすることは弁護士の仕事ではなく、まして木村は穂積の弁護人ですらない。何ができるわけでもないし、何かしようと思っているわけでもなかったが、どうしても考えてしまった。

浩人が震える声で母親に呼びかけていた、必死の顔を覚えている。金に困っていたかもしれないし、毎日見舞うのは負担だったかもしれないが、きっと、それだけではなかった。

殺したのは事実でも、その背景にあるものを見ようとせずに、彼を責めるのが正しいとは思えなかった。

＊　＊　＊

「穂積昭子さんは、入院されたときから、完治して退院できる見込みがあるような患者さんではありませんでした」

和解期日当日、裁判所のエレベーターの中で、関口が口を開いた。

当然だが、彼のところへも、浩人が逮捕されたとの情報は届いたらしい。

裁判所前で待ち合わせたときから言葉少なだったが、どうやら二人して、同じことを考えていたようだ。

「少しでも命を長らえるための、治療をしていただけだったんです。ご家族の強い希望で……話もできない、目も覚まさない、そんな状態で、ただ生命活動だけを維持させることに意味があるのかとか、わずかな時間死を遅らせるだけで、患者は早く楽になったほうが幸せなんじゃないかとか、医者だって考えることはあります。それでも、ご家族には、そのわずかな時間が必要なこともあるんです」

医者と一患者の息子の関係だから親しいというほどでもないだろうが、木村よりはよく浩人のことを知っていたはずだ。しかも、被害者が自分の担当患者だったとなれば、木村以上に、思うところがあるのだろう。神妙な顔で続ける。

「延命措置をとった結果、持ち直して、その後何ヵ月、場合によっては一年、二年と生きることのできる患者さんもいます。病院のベッドの上で、意識のないままで……その結果、経済的にも、精神的にも、体力的にも、ご家族に負担が長くかかってしまうこともあります。目を覚まさないままの患者さんも、その間ずっと、苦しいのかもしれません。本当のところは、私にもわからないんです」

エレベーターが止まり、扉が開いた。

廊下はがらんとしている。早めに来たので、控え室で待つことにした。

到着したことを書記官に伝え、他に誰もいない控え室に入る。

関口は黙ってしまっていたが、もっと話を聞きたかった。彼が、穂積昭子の事件について何を感じたのか、どう考えているのかが知りたい。

「延命措置をとることを選択した後で、悩むご家族は多いんですか」

合皮張りのソファに並んで座り、そっと続きを促すと、関口は木村のほうを見ないまま頷いた。

「……そうですね、多いです。たとえば、同室の池田千枝子さんのご家族は、延命治療を選択したものの、呼吸器をつけて苦しげに息をしているのを見ているのが辛いと……あまり愚痴を言わない方でしたが、自分の選択が、結果的にお母さんを苦しめているのではないかと、悩んでいたようです」

結局、千尋の悩みと千枝子の苦しみは、呼吸器が外れたという「事故」によって終わりを迎えた。浩人は、それを待てなかった。自分の手で終わらせてしまった。

「穂積さんも、そうだったんですか?」

関口は、いいえ、と首を振る。

「穂積さんの場合は、延命措置に関してはまったく迷いがなくて、何としてでも助けてほしい、死なせないでほしいと最初から一貫していました。お母さんを亡くすことに、耐えられない様子でした」

木村も、死なないでと母親に繰り返す浩人を見たことがある。だからこそ、昭子が亡くなったときに顔を合わせた彼が、思ったよりも落ち着いて、すんなりと母親の死を受け入れた様子だったのが意外だった。関口も、同じように感じていたようだ。

「だから、今回のことには驚きました。私も、できるだけご家族のケアをと思って、話をするように心がけていたんですが……向き合っているつもりで、わかっていなかったようです。……残念です」

最後に会ったときの千尋を思い出した。延命治療を続けさせるのが辛かった、やっと楽になれたと、そう言っていた――彼女と同じように、浩人も、本当は苦悩していたのかもしれない。もしくは、あるときふと、思い至ってしまったのかもしれない。自分が失いたくないばかりに、生きてくれ頑張ってくれと声をかけて、母親を苦しめているると気づいて、その瞬間に起きた犯行だったのだろうか。それは浩人にしかわからない。

(でも、きっと、誰にでも起こり得ることだった)

同じように母親の介護を続けていた千尋と、浩人で、何が違っただろう。

何も違わなかったかもしれない。

誰にも言えなかったが、本当に、何も違いはないのかもしれないと、木村は思っている。

池田千枝子の呼吸器が外れていたと聞いたとき、一瞬、嫌な想像をした。

その後で千尋と会って、その想像は間違いだったと思った。彼女が、罪を犯した直後の人間には見えなかったからだ。しかし、今はまた、わからなくなっている。

浩人だって、罪を犯すような人間には見えなかった。

あれだけ母親に献身的だった彼が、間違いなく彼女を殺害した犯人であるのなら、千尋がそうではないと断言などできない。

どれだけ母親を大事にしていたかは、犯人性を否定する要素にはならない――むしろ、大事な家族だったからこそ、その苦しみが続くことに耐えられなかったかもしれないのだ。

いずれにしても、池田千枝子の件は、今後事件化することはないだろう。穂積昭子の場合のように積極的に窒息させたわけではなく、呼吸器が外れた結果の死亡で、事故の可能性もある。調べようがないし、病院も千尋も捜査を望んでいない。すべてがはっきりしたわけではないが、きっと病院ではこういうことが、ずっとあるのだろう。

木村がもしかしたらと思っても、確かめようもなく、確かめるべきなのかさえ、わからなかった。

しかし、穂積昭子の件は事件化した。こうなった以上、浩人が、母親を亡くした遺族ではなく、被疑者として取り扱われることになるのは仕方のないことだ。

昭子の一件には目撃者がいて、事故という形で処理できなかった。曖昧《あいまい》なままにできず、「犯人」を見つけなければ病院の責任になりかねなかった。

だから高塚は病院側の弁護士としては正しいことをしたし、犯罪を告発したという意味では正義がなされたと言えなくもない。

(でも、穂積さんも苦しんでいたんだ)

母親を手にかける人、病院を訴える人、それぞれに、理由や背景がある。一つの行為だけを見ていては、わからなくても。

しばらくすると書記官に呼ばれ、木村は関口を控え室に残して法廷へ向かった。

木村が浩人にできることはない。丸岡凌子との和解を成立させることが、今、木村のできることで、すべきことだった。

法廷とは言っても、ラウンドテーブル一つを囲む形で当事者たちが向かい合う、会議室のような狭い個室だ。

木村と、原告である丸岡凌子と、原告代理人。凌子はパーマのかかったショートヘアの、どちらかといえば派手な顔立ちの女性だったが、今日はかっちりとしたパンツスーツを着込んでいて、まだ若い原告代理人と並んでいると、彼女のほうが先輩の弁護士のようにも見える。

全員が礼をして席に着くと、裁判官が口を開いた。

「裁判所としては、丸岡輝美さんの死亡の原因が病院側のミスにあると認定するまでの心証は得られませんでした」

はっきりと心証を開示する。

和解案が出たときからわかっていたことだったが、凌子はきゅっと唇を結んで下を向いていた。

「提出された証拠から、丸岡輝美さんが亡くなった原因が、食事中の誤嚥であることは間違いないでしょう。一口の量や、水を飲ませる前の口内の確認の徹底等、食事の介助が完璧ではなかった可能性もあります。死亡との因果関係は認められなくとも、被告が、患者の、適切な看護を受けられるという期待権を侵害したとして、一定の損害賠償義務が認められると考えます」

眼鏡をかけた裁判官は、淡々と告げた。

「諸々を考慮して、裁判所は、解決金として、被告が原告に百万円を支払うという内容の和解が妥当であると考えています。双方、いかがですか」

原告代理人が何も答えないので、木村が先に、「被告は、お受けできます」と返答する。裁判官は頷き、どうですか、というように今度は原告代理人のほうへ目を向けた。

原告代理人が、黙ったままの丸岡凌子を見る。ここへ来るまでの間にも話し合っているはずだが、彼女がまだ決めかねているらしい。

百万円。請求額には遠く及ばない額だ。

これをのまなければ、判決で負けてゼロになる可能性もあると、説明は受けているだろう。

迷っている様子だった。悔しげにも見えた。

しかしそれはきっと、金額が低いことに対しての不満ではない。

賠償金がほしくて、訴訟を提起したわけではないはずだった。

「あの」

気づいたら、口から出ていた。

「再発防止に努めるということを、和解の文言に入れます。因果関係はなくても……丸岡輝美さんが入院中に亡くなったことについて、遺憾《いかん》の意を示すと、それも、和解書に記載します」

丸岡凌子が顔を上げる。

目が合った。

被告代理人が、裁判官も原告代理人も通さず、直接原告本人に話しかけるのは不適切だったかもしれないと、言ってから気づいて、慌てて彼女から裁判官へ視線を移した。

「輝美さんが亡くなった原因が、病院側の行為にあったのかどうかは、わかりません。でも、大事なお母さんを預けていただいたのに、その信頼に応えることができなかったのは事実です。遠方にお住まいのご家族の代わりに、親身になって看護するのが病院の役目なのに……この病院で受けられると信じてもらっていた、適切な看護を提供できなかったことについて、病院は反省しています。それから、対応が遅くなったこと……訴訟になる前に、十分な説明をしていなかったこと、その結果、病院に対して不審を抱かせることになってしまったことも、病院側の落ち度です。謝罪します」

裁判所への意見の形をとっていたが、彼女に語りかけるつもりで話していることは、その場にいる誰もが気づいているだろう。

言いたいことがあった。言えないこともあった。

まとめきれないまま口から出そうになるのを押しとどめて、言わなければいけないことだけを、選んで言葉にする。

「病院の対応の不十分さについて認めて、謝罪します。輝美さんが亡くなったことに対する、遺憾の意も表明します。再発防止のため努力することも、お約束します」

言えなくても、伝わってほしいことがあった。

丸岡輝美を、彼女の死を、凌子が母親を思う気持ちを、病院は、決して軽んじているわけではない。凌子が他県に住んでいて、なかなか見舞いに来られなかったからといって、対応をおろそかにしていたわけではない。

一度言葉を切って、息を吸って、そうすると少し、気持ちが落ち着いた。

この部屋の外、控え室で待っている、関口のことを思い出した。

「……輝美さんの担当医だった関口医師が、直接お悔やみを言いたいと、今日、仕事を休んで来られています。病院としても、輝美さんが亡くなったことを悼む気持ちは同じです」

裁判官が頷く。なんとなく、励まされているような気がした。

裁判官の視線が凌子へと移り、その視線の動きに誘導されるように、木村も彼女のほうを向く。

凌子はじっと木村を見ていた。

証人台の中根小百合を見ていたときと、同じ目だ。

「謝罪を、受け入れてもらえませんか。これまで以上に、離れているご家族に安心していただけるような対応を心がけて、今後同じようなことが起こらないように努力します」

最後は、真っ直ぐに丸岡凌子を見て言った。

結局、直接語りかけてしまったが、裁判官も原告代理人もそれを咎《とが》めようとはしなかった。

原告代理人が彼女に近づき、小声で二言、三言話しかける。

彼女は少し考えた後で、小さく頷いた。

それから、和解します、と言った。


廊下に出たら、関口が立っていた。

話し合いが終わるのを、ずっと待っていたらしい。

木村に声をかけた後で、代理人と一緒に出てきた丸岡凌子に歩み寄り、

「お母様の……丸岡輝美さんの担当医の、関口です」

名前を名乗ってから、深く頭を下げた。

「お母様のこと……心から、お悔やみを申し上げます」

顔を合わせるのは、初めてではないはずだ。

凌子は、じっと、関口を見ている。

関口は顔を上げずに続けた。

「こんなに遅くなってしまって、申し訳ありませんでした」

「……お世話になりました」

短く応えて、凌子も頭を下げる。

それで終わった。

丸岡凌子対笹川総合病院の訴訟は、和解で幕を閉じた。

＊　＊　＊

和解が成立したことを報告すると、院長は喜んでいた。

対応の遅れについて謝罪すること、事故に対して遺憾の意を表明すること、再発防止の文言を入れることについては、正式な和解書面を作る直前に電話で承諾を得ている。百万円の解決金は保険会社から支払われ、病院に損害はない。

明確に看護過誤を認めたわけではないし、和解書には和解の内容を互いに口外しない旨の文言も入れてあるから、病院の評判に悪影響が及ぶこともない。

和解調書は後日の発送になるが、これで、事件は解決だ。

ラウンジのコーヒーサーバーの前にいる高塚を見つけて、和解成立を伝えたら、「よかったね」と背中を叩かれた。

「相手方が何を望んでいるのか、木村くんが考えて行動した結果だよ。人の気持ちを考える、って木村くんの得意技でしょ。今回はいい方向に動いたんじゃないの」

「はは……ありがとうございます。おかげさまで」

笑顔を返したつもりだったのだが、木村の反応に、高塚は首を傾ける。

「その割には、浮かれてないね？」

「……ちょっと色々、考えちゃって。丸岡さんの件は、本当に、いい結果に終わったと思ってるんですけど」

色々なことがありすぎた。

千尋のことや浩人のことは、もはや自分たちとは関係のない話だとわかっていても、すぐに頭を切り替えて忘れるなどという器用な真似はできない。丸岡凌子の件がうまくまとまったのも、彼らと接して、患者の家族としての立場や、その気持ちを慮《おもんぱか》ることができたからこそだった。

丸岡凌子だけでなく、何組かの「遺族」を見たことで、気づくことができたのだ。

高塚がラウンジの椅子を引き、座れ、というように背もたれを叩く。促されるまま腰を下ろすと、高塚も向かいの椅子に座った。

「話してみれば。特別に無料で聞いてあげるから」

その口ぶりと組んだ脚に苦笑する。

後輩の相談に乗る姿勢、にしては偉そうだが、それはいつものことだ。

相談しようにも、何を話せばいいのかわからないのだが、気持ちはありがたかった。

事件の結末に不満があるわけではないのだ。ただ、考えることを止められずにいる。

答えを出そうとして考えているわけでもないから、人に話してどうにかなるというものでもなく、ただ、もやもやしている。しかも、丸岡凌子のこと、千尋のこと、浩人のこと、全部が混ざり合って、どこから解きほぐせばいいのかすらわからなかった。

着地点も見えないまま、話し出していいものか。

躊躇しながら高塚を見ると、「ほら」というように小さく顎をしゃくられる。

聞く態勢になってくれているのに、まとまらないからやっぱりいいですと言うのもかえって失礼だ。観念して、話し出した。

「えっと、丸岡凌子さんが、どうして訴訟を提起したのかってことなんですけど……」

解決策があるわけではなくても、話すだけで気持ちが軽くなることがあると、関口も言っていた。それに、話しているうちに、もやもやが形になるかもしれない。

「……それを考えていたときに、思い出したんですけど。何もしてあげられなくなってから、もっと色々してあげればよかった、してあげられたはずなのにって、後悔するものだって、ある人が言ってたんです」

「病院で会った人？」

「はい。その人は、亡くなった後で後悔したくないからって、毎日、お母さんの入院する病院に通っていました。自分を追い込むくらい献身的に尽くして……その結果、亡くなった後は、どこか、肩の荷が下りたような顔をしていましたけど……でも、毎日病院に通える人ばかりじゃないですよね」

誰が見ても、これ以上ないくらいに母親に尽くしたと、できる限りのすべてのことをしたと、自信を持って言えるような家族は、むしろ少ないだろう。気持ちがあっても、仕事や距離の関係で、なかなか見舞えない場合もある。忙しく生活する中で、見舞いを億劫《おっくう》に感じることもあるはずだ。

「丸岡凌子とかね」

高塚もすぐに、木村の言わんとしていることを察したらしい。

丸岡凌子が他県に住んでいて、千尋や浩人とは違い簡単に母親を見舞える距離にいなかったことは、訴訟記録を読めばわかることだ。

だから病院側とのコミュニケーションも十分にとれなくて、十分な信頼関係を築けていなかった——訴訟提起に至る経緯に、その事実が影響したところはあるだろう。しかし、それ以上に、大きな原因は、彼女の中にあったのではないか。木村は、そう思っていた。

「凌子さんは、お母さんが亡くなった後、後悔したんじゃないかと思うんです。誰に責められたわけじゃなくても、自分はできる限りのことをしたと言えるだろうかって」

母親の生きているうちに、できることをすべてして、それで亡くなってしまったのなら仕方ないと、あきらめることもできた——最後まで、これ以上ないくらいに尽くせたのなら。千尋や浩人が、母親が亡くなったときに穏やかでいられたのは——突然の死だったにもかかわらず、少しも病院を責めようとしなかったのは、そのことも影響しているのではないかと、彼らの態度を見たとき、木村は感じた。

母親の死に直接的な責任がある浩人と比較するのはフェアではないかもしれない。しかし、もしも穂積昭子が自然死や病死で亡くなっていたとしても、おそらく、穂積は穏やかに母親の死を受け入れたのではないかと思うのだ。

失うまでは、喪失を恐れていても、実際に失ってしまったら——嘆きはしても、誰を責めるでもなく、ただ受け入れたはずだ。

さほど千尋や浩人のことをよく知っているわけでもないが、なんとなくそう感じた。

誰も、彼らの献身を不十分だとは言わないだろう。しかし凌子は、自分が、母親が生きているうちに十分に愛情を示したと自信を持てなかったのではないか。

「ろくに見舞いもせずに冷たい娘だって、誰かに責められる前に、病院を訴えた？」

「……そう言ってしまうと、何か、身も蓋もないですけど」

高塚の、容赦《ようしゃ》のない物言いに苦笑した。

凌子は、人目を気にしただけではないだろう。誰より、自分自身が、許せなかったのだ。きっと。

自分が母親を大事に思っていたと、母親のために、何でもする覚悟があると、自分自身に示したかったのではないか。

賠償金が欲しかったわけではない。

彼女にとっては、勝つことよりも、訴訟を起こすこと自体に意味があったのではないかと——意地の悪い見方かもしれないが、木村はそう思っている。

だから、母親を亡くした自分の悲しみや母親への思いが理解され、母親への敬意を示されたことで、和解する気になったのだ。

「毎日輝美さんの看護をしていたのは、凌子さんじゃなく、看護師の中根小百合さんでした。昏睡後に息を引きとるとき、看取ったのも……凌子さんは、仕事を途中で抜けて急いで駆けつけたけど、間に合わなかったらしくて」

輝美が亡くなるまでは、凌子が担当医の関口と顔を合わせたのも一度きりだったそうだ。関口は、長期入院患者の家族の心情や苦労に理解のある医師だが、凌子がそれを知る機会はなかった。

「輝美さんの死後、病院に説明を受けに来て、責められているような気がしたのかもしれません。ほとんど見舞いにも来なかったくせに、って」

「罪悪感が『動機』か」

他県に住んでるのに、毎回期日には出てきてたんだもんねえと、高塚は言って伸びをする。

「自分が母親のためにそれだけのことをする、ってことに意味があったわけだ。病院を訴えることが、母親への愛情を示してることになるかっていうと疑問があるけどね」

「高塚さん、気づいてたんじゃないですか。凌子さんが何を求めているのかを考えろって、アドバイスくれましたよね」

「そこまでわかって言ったわけじゃないよ。謝罪や反省を求めてるなら和解書にそういう文言を入れるとか、お金が目的なら、不確定な訴訟より少額でも確実に和解金を受け取ったほうがいいとわからせるとか、そういう風に対応すればいいよって、その程度の意味」

俺だって、何でもわかるわけじゃないよと笑われた。

高塚は組んでいた脚をおろし、片腕を椅子の背にかけて言う。

「まあそれでも、訴訟提起される前に防ぎようはあったかもしれない事件だから、コミュニケーションは大事だよね。日頃から、こういう看護をしてます、こういうリスクは常にありますって説明してあって、ちゃんと病院が世話してくれてるって信頼関係ができていれば、こういうことにはならなかっただろうし。遅くとも、誤嚥があった時点で病院がちゃんと丸岡凌子に説明していれば、訴訟にまではならなかったかもしれない。他の二件については木村くんも同席して遺族に説明をしてたけど、丸岡輝美のときはそこまでしてなかったからね」

それからテーブルの上のカップをとり、ビールジョッキで乾杯するときのようにひょいと掲げてみせた。

「ま、とにかくお疲れ様。木村くんもこれで解放されるね。随分熱心に、病院にも通ってたみたいだけど」

「あ、でも来週また行くんですけどね。前にも話した友達の、退院祝いに」

「随分仲よくなったんだね」

女の子だっけ？　と訊かれて一瞬答えに詰まった。お、というように高塚が眉を上げたので、慌てて弁明する。

「そういうのじゃないですよ！　中学生ですから」

「……中学生？」

「あ、いや、……だから、そういうのじゃないんですって」

下心はないのだと説明するつもりで言ったのに、さらに不審げな目を向けられてしまった。

その慌てぶりを気の毒だと思われたのか、未成年に下心を持つような男ではないという程度の信頼はあるということか、「まあいいけど」と高塚はそれ以上の追及をやめ、コーヒーカップに口をつけた。

「丸岡凌子の『動機』については、確かに、木村くんの性格上思うところがあるかもしれないけどさ。それはそんな暗い顔するほどのことじゃないんじゃない？　もう解決したわけだし」

カップを傾けてコーヒーを飲みながら視線は木村へ向け、

「気になってたのって、そのことだけ？」

次を促すように訊く。

すぐには答えられず、木村は視線を落とした。

事の発端はどうあれ、当事者が双方納得して解決した丸岡輝美の事件よりも、木村の中でわだかまっていることはある。

自覚はあった。

木村は、穂積浩人に同情していた。

高塚が彼の罪を告発したこと、捜査に協力したことは正しいことだ。それはわかっている。しかし、彼がこれから、母親を殺した殺人犯として裁きを受けることを思うと、どうしようもなく気持ちは沈んだ。

「……穂積さんのことです」

観念して白状する。

高塚はすぐに、穂積浩人？　と確認した。穂積昭子の死自体よりも、その犯人として浩人が逮捕されたことについて思うところがあるのだと、木村が言う前から察していたらしい。

「穂積昭子が亡くなる前から、面識があったんだったね」

頷いて顔を上げた。

高塚の行動を責めているように聞こえてはいけないと思い、口に出さずにいたが、その高塚本人が聞いてくれるというのなら、いっそ話してしまおう。いつまでもうじうじしていても仕方がないのはわかっていた。ちゃんと吐き出したほうがいい。答えを見つけるきっかけをもらえるかもしれない。

「高塚さん、何かに気づいて、調べてみるって言ってましたよね。それ、警察に言ったんですか?」

「ちょっとね。何もしなくたって遅かれ早かれ捕まっただろうけど、どこを調べればいいのかヒントをあげたっていうか……穂積浩人に動機があったこと、穂積昭子の死は、浩人にとってタイミングがよすぎたってことを教えてあげただけ」

その行動を、責めるつもりは毛頭ない。穂積昭子の死亡について、病院は無関係だと早期にはっきりさせることが、病院の利益につながる、そういう局面だった。

浩人が犯人であることに気づいたら、自分も同じことをした——せざるをえなかっただろう。

しかし、あの療養病棟から退院していく患者より、亡くなる患者のほうが多いという現実を知って、思ったのだ。

生きていても苦しいだけの患者の様子を見かねて、家族が延命装置を止めてしまう……そういうことは、これまでもあったのではないか。そのほとんどが、表沙汰にならなかったのではないか。

それが正しいことかはわからない。本当なら、延命措置があれば生き続けられる患者のそれを止めてしまうことは「殺人」だ。しかし、もしかして、と医師や看護師が気づくことがあっても、口をつぐんで、追及せずにきたとしたら——その気持ちは、理解できる。

誰よりも苦しんでいるのが患者とその家族だということを、彼らは知っている。確固たる証拠はなく、どのみち立証ができないのなら、愛情と苦悩の果てに行われた行為を、犯罪として暴《あば》きたてる意味はないと——医師や看護師が、家族たちの行為に目をつぶってきたとしても、それを責めることは、木村にはできなかった。

「穂積昭子さんの呼吸器が外れていた事故……今回の犯人が穂積さんなら、そのとき呼吸器を外したのも穂積さんですよね」

「だろうね」

高塚は感情のこもっていない声で肯定する。

「一度失敗してもあきらめず、二度にわたって殺害を試みたことになる。明確な殺意をもって殺したって裏付けになる」

母親の呼吸器に手を伸ばし、結局それに触れることもできず泣き崩れた、千尋の顔が頭に浮かんだ。

浩人は彼女とは違い、「一度目」も、呼吸器を外しはしたのだ。昭子がマスクなしでも呼吸可能な状態にまで回復していたから、結果的に失敗しただけだった。

高塚の言うとおり、浩人は二度、「実行」したということになる。裁判所も、明確な殺意があったと認定するだろう。

きっと彼は、冷酷な殺人者として裁かれ、報道される。

「でも、呼吸器を外したときにもし昭子さんが亡くなっていたら、多分、事件にはならなかったんじゃないかと思うんです。事故かもしれない。立証できない。そうなればよかったって意味じゃないですよ。でも……そういうことって、これまでにもあったんじゃないかって思ったんです。穂積さんとか、……千尋さん以前にも」

どんな理由があっても、愛情からの行為であっても、犯罪は犯罪だ。

それに、延命装置を止めるのと、延命装置がなくても生きている患者を窒息させるのは違う。今回は目撃者もいた。

病院としても、病院側の弁護士としても、目をつぶることはできないし、目をつぶるべき場面でもなかった。

浩人が逮捕されたのは正しいことだし、当然のことだった。

しかし、彼という人間は、看護に疲れ、患者の苦しみに胸を痛め、解放を願った家族にすぎなかった。おそらく、これまでに見逃されてきた何人もの「患者の家族」と何も変わらなかった。

何も変わらなかったのに、いくつもの偶然のせいで、彼だけが、冷酷な殺人者として裁かれることになる。それが、やるせなかった。

「不公平だなんて言えないのはわかってます。他にも同じようなことをした人はいたはずだから全員調べて逮捕すべきだなんて思っていません。他の人たちもやっていたことだから穂積さんも見逃すべきだとも、もちろん思いません。だから、どうなるべきだとかどうしたいとか、そういうのじゃないんです。でも……なんだか、それをずっと考えちゃって」

持って行きどころのないもやもやした思いを、そのまま言葉にする。

何かできなかったのか、と思っても、何も思いつかないし、これから何かできるとも思えないのに、頭から離れないのだ。

これでは助言のしようもないだろう。高塚を困らせてしまったかと思ったが、彼は無表情だった。怒っているわけではなさそうだが、どこか不機嫌そうにも見える。

「弁護人になるなんて言い出さないでよ」

「言いませんよ。だいたい、俺は病院の代理人だったんだから利益相反じゃないですか」

高塚に半眼になって言われたので否定したが、気持ちのうえでは、弁護寄りの立場で見てしまっているという自覚はある。

木村はばつが悪い思いで目を逸らした。

「ただ、……穂積さんと話をして、本人を知っているだけに……これから、表面的な事実だけで、彼が極悪人みたいに扱われるのは、何かやりきれません」

行為自体は裁かれるべきだが、そうしてしまった彼の心中や経緯については、裁判においても勘案されてほしい。

「情状酌量《しゃくりょう》とか、ありますよね」

それこそ、自分の仕事ではないとわかっている。

終わった仕事のことを引きずるなとか、依頼人でもない相手に同情してどうするとか、いよいよ叱られそうだったが、もうここまで話してしまったのだから同じことだ。開き直って訊いた。

「どうかな。計画的な犯行だし、結構厳しいと思うけどね」

高塚は再び脚を組み、自分の右手の爪を見ながら答える。

「見舞いに来て、看護師が見回りに来たときに帰ったと見せかけて、また戻って、看護師たちが一部屋に集まっている間を狙って犯行に及んでる。同室の患者に見られないようにーー普段から寝てるか起きてるかわからないような、高齢の患者だったみたいだけどーー犯行時にはベッドの周りにカーテンを引いてね。冷静な行動に見えるけどね」

突き放すような言い方だった。

当日の行動だけ見れば、確かにそう思えるかもしれない。しかし、浩人が母親思いで、長い間献身的に介護を続けてきたことを知っているはずの高塚が、彼を、汲むべき事情もない冷酷な殺人者のように言ったのはショックだった。

高塚は、木村から話を聞いただけで、実際に浩人がどんな表情で母親のそばにいたのかを見ていない。だから仕方がないのかもしれないが、高塚でさえ彼をそんな風に思うなら、裁判官や裁判員に理解してもらうことなど絶望的な気がした。

高塚はさらに続ける。

「金が入り用になって、自然死を待てない理由ができて、焦って犯行に及んだ。計画的な犯行だったけど、いくつかへまをして、見つかった。よくある話、遺産目当ての犯行だよ」

「そんなわけありません、だって穂積さんは」

「母親の回復を願ってた？」

思わず反論しかけた声を遮って高塚が目を上げ、視線がぶつかった。

冷たい声に怯《ひる》みそうになりながら、

「……そうです」

と頷く。

少しの睨《にら》みあい――とまではいかなかったが、内心びくびくしながら、努力して、目を逸らさないようにした――の後、高塚は、

「そのときはまだ、死なれちゃ困る理由があったからだよ」

と言って一度目を閉じ、溜息をついて椅子にもたれかかった。

ああもう、とじれったそうに言って、左脚の上から右脚を下ろし、見るからに高そうな革靴の踵《かかと》を鳴らす。

「このままじゃ、木村くん、穂積浩人の情状証人として証言台に立つとか言い出しそうだから言うけど。あの男は木村くんが思ってるような人間じゃないよ」

腹立たしげな口調だが、木村に対して怒っているわけではなさそうだ。

ほっとして、探るように声をかける。

「……高塚さんは、前から穂積さんを疑ってましたよね」

「一番動機がありそうだなって思ってただけだけどね。行方不明の兄がいるって言ってただろ。それで、ちょっと気になって調べてみたら」

一度言葉を切り、正面から木村を見て、言った。

「穂積昭子の長男、穂積昌樹《まさき》の、失踪宣告の申し立てがされていたことがわかった」

予想もしていない単語だったので、反応が遅れる。

失踪宣告。

一定期間生死不明の人間に対して、法律上死亡したものとみなす効果を生じさせる制度だ。相続人等、法律上の利害関係を有する人間が申し立てをし、裁判所の調査や手続を経て、行方不明者の失踪宣告がなされると、その人間は生死不明となってから七年が経過した時点で死亡したものとみなされる。

あのとき、穂積が家庭裁判所にいたのはその手続きのためだったのか。

「当然、相続のことを考えるよね。穂積昭子は夫と離婚していて、相続人は息子だけだった。つまり、穂積浩人と、行方不明の兄、昌樹の二人ってことになる。失踪宣告がされれば、昌樹は法的に死亡したことになるから、遺産は浩人の総取りだ」

だから、浩人は失踪宣告の申し立てをした。それ自体は、何もおかしくはなかった。母親が入院しているときに、相続のための準備をしていたとしても、それが責められるべきことだとも言えない。

しかし、高塚からは不穏な気配を感じた。これから高塚が何を言おうとしているのかがわからなくて、不安になる。

高塚は、カップに右手を添え、左手の人差し指の爪で、テーブルを弾きながら続けた。

「昌樹が失踪したのはちょうど七年前で——彼には失踪当時、妻がいた。今もまだ籍は抜いていないみたいだから、いる、って言ったほうがいいかな。絶対いるはずだと思ってたよ。昌樹の相続人たる配偶者がね」

だんだん頭が追いついてくる。

穂積昭子は離婚して、彼女の相続人は子どもだけだった。昭子が死んだ場合、彼女の財産は、二人の息子に半分ずつ相続される。その後で長男が死亡すると、長男が相続した財産は、長男の相続人に引き継がれる。結婚していれば妻に、子どもがいれば子どもにも。長男に子どもがいなければ、妻と父親が相続することになる。この場合、次男の浩人が受け取る母親の遺産は、二分の一だ。

しかし、長男の昌樹が母親の昭子より先に死んだ場合、相続が発生する方向は順になる。昌樹のほうの財産が、妻と、母親である昭子に渡り、昭子が死亡した時点では、彼女のただ一人の生存する相続人で浩人が昭子の財産を全額相続することになる。

民法の規定上、代襲相続の権利があるのは子どもや孫だけで、昌樹の妻は、夫より後に死んだ義母・昭子の財産を夫のかわりに相続することはできないのだ。

「昭子が昌樹より先に死んだ場合、浩人の相続分は二分の一だ。浩人が遺産を総取りするためには、昭子より先に昌樹が死んでいることが必要条件だった。だから、昌樹の法自分が穂積昭子のただ一人の相続人になってから母親を殺したんじゃないかって、俺は思ったんだ」

——つまり、浩人は昌樹の失踪宣告を待って、自分が穂積昭子のただ一人の相続人になってから、犯行に及んだのだと。遺産を全額受け取るために、相続関係を「調整」してから母親を殺したのだと——顔色一つ変えずに、高塚は言う。

すぐには反応ができなかった。

もしもそうなら、高塚の言うとおり、計画的な犯行だ。金銭目当ての、動機に酌量の余地もない殺人だった。

固まったままの木村に、高塚はさらに言う。

「——でも、調べてみたら、それどころじゃなかった」

高塚の話は、すでに十分にショッキングだったのに、そこで終わりではないらしい。

心の準備ができていない。

ちょっと待ってください、と言おうとしたが、遅かった。

高塚は逃げ道をふさぐようにまっすぐに木村の目を見て、はっきりと告げた。

「穂積浩人は、穂積昭子の息子じゃなかった」

木村は、高塚を見つめ返した。

それから、笑おうとして失敗する。

「……すみません、ちょっと、意味がよく……」

顔を引きつらせ、かろうじて聞き返した。

冗談だと思いたかったが、高塚は笑っていない。

「これは俺も驚いたんだけどね。穂積昭子の子どもは一人だけ、確かに息子がいるけど、もう七年も前から行方知れずだった。それが、穂積昌樹だ。事業に失敗して、借金を背負って姿を消したそうだよ。彼は、母親の財産を頼りにはしなかったみたいだね」

木村の動揺には触れなかった。ただ、声のトーンを変えず、淡々と事実だけを話す。

「浩人は穂積昭子の甥《おい》だよ。両親を亡くしてからずっと一緒に暮らして、もう親子同然の関係だったみたいだけどね、法的に親子関係はない」

甥は、第三順位の相続権者だ。被相続人に親や子がいる場合、相続権は甥には回ってこない。

つまり、浩人とは従兄弟《いとこ》にあたる、穂積昭子の一人息子である昌樹が生きている限り、浩人は穂積昭子の相続人にはなれなかったのだ。

昭子が死ねば、遺産はすべて、行方不明の昌樹のものになる。その後で昌樹の死亡が確認されたとしても、彼の従兄弟である浩人には相続権がない。

しかし、昭子よりも先に昌樹が死んでいた場合は、昭子の相続人は甥の――昭子の兄弟の相続権を代襲した――浩人ただ一人だ。

「取り分を増やすための小細工かなって思ってたけど、違ったね。昭子より先に昌樹が死んでくれない限り、穂積浩人は一円も昭子の遺産を相続できない立場だった」

「そりゃ必死だろうさ。穂積浩人の借金は相当な額で、毎日のように取り立ての電話がかかってきていたらしい」

「………」

ここまで言われれば、木村にも、もうわかっていた。

昭子には、昌樹の失踪宣告がなされるまで、どうしても生きていてもらわなければならなかったのだ。

木村が感じていたとおり、彼の、昭子に対する「死なないで」「頑張ってくれ、生きてくれ」という祈りは、本心からのものだった。

ただ、それは、母親への愛情から来るものではなかった。

あと少し、失踪宣告がなされるまで、昌樹の失踪から七年が経過するまで、昌樹が法的に死亡するまで——それまででいいから生きてくれ。そして、その後は、少しでも早く死んでくれ。

あの必死な祈りは、自分自身のためだけの、身勝手な願いだった。

木村がすべてを理解して黙り込んだのを見て、ようやく高塚は口をつぐむ。

気遣うような視線を感じたが、顔を上げられなかった。

高塚は少しの沈黙の後、目を逸らして、「嫌な話だろ」と言った。

「でも、よくある話だ。病院内で金目当ての殺人が行われて、病死に見せかけようとしたけど失敗して、犯人が警察に逮捕されて、病院は濡れ衣を着せられずに済んだ。それだけだよ」

今さら知って何が変わるわけでも、何を変えられるわけでもない。

すべてが終わった後で知らされる真実に、人は救われることもあるだろうが、知りたくなかったと思うこともある。

それでも真実を知ること、伝えることには意味があると、木村はこれまで思ってきた。高塚はそうは思っていないようだった。知らないほうが楽なこともあると、何度か言われたことがある。

今回のことも、きっと、彼にとっては、話さなくてもいいことだった。木村が気にしていたから話しただけだろう。しかし今は、そのことに感謝できるほどの余裕はなかった。

ここから先は、病院は無関係だ。俺たちの仕事は終わりだよと、高塚が言って立ち上がる。

高塚がラウンジを出て行ってからも、木村はしばらく、そのままでいた。

考えがまとまらなかった。

知らないほうがよかった、とは思わない。けれど、今は行方不明の穂積昌樹や、その妻や、関口や笹川総合病院の看護師たちは、いつか、このことを知るのだろうかと、ラウンジの椅子に一人、座ったままでぼんやりと考えた。

知るべきなのだろうか。

# 10

　由紀乃が退院する日は、晴れていた。

　病院へ行く前に花屋に寄り、退院祝いと、誕生祝いを兼ねて、花束を買う。彼女は昨日、つまり退院の日の前日に、誕生日を迎えたはずだった。

　退院の際は、家政婦が迎えに来ると聞いていたので、邪魔にならないよう、その少し前に病室を訪ねることになっている。

　少女らしい色合いの花束を抱えて、彼女の病室へ向かう途中、廊下で意外な相手と鉢《はち》合《あ》わせした。

「高塚さん？　どうしたんですか」

「木村くんこそ」

　休日でラフな服装の木村と違い、いつも通りのスーツに身を包んだ高塚は、木村の腕の中の花束を見て察したようだ。ああ、と頷いた彼に、そうなんです、と頷き返す。

「俺は、知り合いのお見舞いに。高塚さんは？」

「仕事。もう終わった」

「え」

　また何かあったのか、と思わず身構えたが、高塚はすぐに「そうじゃないよ」と否定した。

「個人的な仕事」

それだけ言って、「じゃあね」と手を振り歩き出す。

高塚の仕事について、気にならないと言えば嘘になるが、今日の訪問は由紀乃の退院を祝うためのものだ。この病院では色々なことがあって、足を踏み入れるのは複雑な気分だったが、由紀乃のことは晴れやかな気持ちで送り出してやりたい。院内で新たなトラブルが起きたわけではなさそうなので、ひとまず安心して、木村も歩き出した。

相変わらず開け放してある個室のドアをノックして、声をかける。

初めて会った日と同じように、窓辺に立っていた由紀乃が振り向いた。

「歩いているのが見えていたわ」

水色のワンピースがよく似合っている。

木村を迎えて微笑む頰に、日が差していた。今日は、特に顔色がいいようだ。

近づくと、花のような甘い香りもした。

「退院おめでとう。それから、誕生日も」

「ありがとう。すごくきれい」

花束を受けとって、嬉しそうに目を細める。

パジャマ姿とはやはり印象が違って、表情まで明るく見えた。

「ここからの景色を見るのも最後だと思って、眺めていたの。いつも、窓から見ていたから。向かいの病室とか、お見舞いの人が駐車場を歩いているのとか」

由紀乃は左腕で花束を抱え、右手をそっとガラスにあてて窓の下を見下ろす。

「窓の下を歩いていた人を、向かいの部屋の窓辺で見かけたりすると、あっと思って、何だか嬉しかったわ。向こうは私には気づいていないけれど……小学生の男の子が一人で来ることもあったわ。お母さんらしい人と、別々に来て、帰りは一緒に手をつないで帰っていったり……最近は見かけないけれど」

千尋と、息子の悠太のことだ。

彼らが見舞っていた患者は亡くなったから、もう来なくなったのだとは、伝えずにおいた。それこそ、知る必要のないことだ。

「長い間入院していたから、少し変な気持ちね」

由紀乃は窓の外へ目を向けたまま、感慨深げに言った。

「でも、やっぱり、好きなときに好きなところへ行けるほうがいいわ」

この部屋で穏やかに過ごしている様子しか見ていないから、由紀乃はそれなりに入院生活を受け入れて楽しんでいるようにさえ思えていた。しかし、彼女にとってここで過ごした時間は、やはり、治療のために我慢する期間だったのだろう。

「これからは、加奈ちゃんと演奏もできるね」

「そうね。まだ先なのだけれど、吹奏楽のジュニアコンクールがあるのよ。事務所あてに、チケットを送るわね」

「本当に？　楽しみだな」

そういえば、いつも一方的に訪ねてくるだけで、彼女には自分の連絡先も伝えていなかった。

あ、名刺、と呟いて上着を探る。しまった、今日はスーツを着ていない。仕事用の鞄も持っていない。

由紀乃は微笑んで、木村を押し止めた。

「いいの。知っているわ」

え？　と聞き返すのと、由紀乃が何かに気づいて、窓に顔を近づけるのが同時だった。

「千代美《ちよみ》さんだわ」

迎えが来たらしい。

他の荷物はすでに運び出した後らしく、由紀乃は小さなボストンバッグ一つを持ち上げ、大事そうに木村が渡した花束を抱えて窓から離れる。

「木村さん、私と友達になってくれて、ありがとう」

「こちらこそ」

木村の正面に立ってぺこりと頭を下げ、会釈を返した木村に微笑んだ。

「何か困ったことがあったら、助けてね」

「もちろん。友達だからね」

看護師が、迎えの到着を伝えに来る。

彼女は、それじゃ、と、短く言って、歩き出した。

「うん、じゃあね。気を付けて」

木村は病室に一人残された。

さらりとした別れだった。月に一度か、二月に一度、この病室を見舞うだけの関係が、これで終わった。

病院の外で、再び彼女と会える日が来るかはわからない。友達だとは言ったが、いつでもいくらでも同年代の友人たちに会えるようになった彼女が、わざわざ自分に会いたがるとは思えず、そう考えると寂しい気もした。しかし、彼女がこの病院を出て行くことになったのは、木村にとっても間違いなく喜ばしいことだ。元気になった彼女が、自分や病院でのことを忘れるくらいに楽しい日々をこれから過ごしていけるなら、それでいい。

ふと思いついて、木村は窓辺に寄ってみた。由紀乃がしていたように、窓の下を覗き込む。

毎日ここから外を眺めていたという由紀乃は、こうして何人の患者たちが退院していくのを見送っただろう。

彼女も、誰かに見送られるべきだと、なんとなく思った。

医者や看護師たちと挨拶でもしていたのか、思ったよりも時間がかかったが、やがて、病院の入口から由紀乃が出てくる。

優しそうな初老の女性と一緒に、駐車場を横切って歩いていくのが見えた。

木村が渡した花束のほかにも、色とりどりの花を抱えている。

家政婦らしい女性と話しながら歩いていた由紀乃が、ふと振り返った。

最後に、自分の入院していた部屋を外から見ようと思ったのかもしれない。

見上げた先の窓に木村を見つけ、彼女の目が見開かれる。その瞬間に、彼女の表情が花開くように笑顔になって、木村は、心から、窓辺で待っていてよかったと思った。

入院して、それきり自宅に戻ることのできなかった人たちを何人か見た。そういうことは決して珍しくないのだということも知った。

けれど、こうして元気になって、病院を去って行く人もいる。彼女のような存在は、関口医師たち病院関係者を勇気づけるだろう。

助けられない人たちがたくさんいる中で、救うことができた一人一人を支えにして、だからこそ皆、辛い仕事でもやりがいを失わずに続けていける。

何度無力感を感じても、たった一人でも、こんなふうに笑ってくれるなら。

それは、医者も弁護士もきっと同じだ。

木村が手を振ると、由紀乃も笑って手を振った。

花に埋もれた笑顔は、これまでで一番少女らしく、輝いて見えた。

＊　＊　＊

幸せな気持ちで由紀乃の去った病室を出て、帰る前に、もう一度だけもう一つの301号室を覗いてみた。

一時的に別の部屋へ移っていたはずの美津が、前と同じ、入口に一番近いベッドに戻っていた。あの折り紙の飾りも、落下防止用の柵からぶら下がっている。

相変わらず、眠っているのか起きているのかわからなかったので、足音を立てないように気を付けて、そっと前を通り過ぎた。

四つあるベッドのうち三つが空いたままという状態だったが、これも近いうちに埋まるはずだ。看護師の人手が足りず、入院患者の受け入れを断ることもあると聞いたが、この部屋のベッドが空いている理由はそれだけではないだろう。

病院の療養病棟で患者が亡くなるのは日常茶飯事だとしても、遺族への説明に毎回弁護士が同席しなければならないような事態は、やはり異常だった。少なくとも、あんなふうに立て続けに事故だか事件だかが起きるようなことは、もうないと信じたい。訴訟継続中は病院も過敏になっていたが、今後は落ち着くはずだ。

もう、これで当分はこの病院を訪ねることもなくなるだろうと思うと、少し感慨深い。

向かって左、窓際のベッドに歩み寄る。

千尋の母親、池田千枝子が使っていたベッドだ。

その傍らに立って、部屋を見回す。

新しい患者が入る前の、ほんの短い時間だろうが、ベッドの四分の三が空いた状態の病室はがらんと寂しげに見えた。

向かいのベッドも空いたままだ。最後にこの部屋に来たときは、穂積昭子がそこに寝ていた。そして、浩人がそばについていた。

「息子さんだったんですって」

ふいに声が聞こえて、はっとする。

美津が、ベッドの上からこちらを——たぶん——見ていた。

よく見れば、深い皺の奥の目が開いている。

「そこの人のね、顔に枕を押しつけて窒息させたらしいのよ。私見ていたの。そうするところは見ていないけどね、部屋を出て行くところを見たんです。カーテンが閉まっていたから、何かしらと思ったの」

驚いた。

彼女の存在は入室したときから認識していたのに、まるで、自分がこの部屋に一人のような気になっていた。

若干鼓動が速くなった胸を押さえて、すぐには言葉も返せずにいる木村に、美津は、のんびりと言う。

「私もね、いつも眠っているわけじゃないんですよ」

そうだった、彼女は、穂積浩人の犯行を——厳密には、犯行現場から去る彼を——目撃したのだ。

彼女に目撃されたことは浩人の致命的な失態だが、彼が油断してしまったのもわかる気がした。

美津は口を開けば、ゆっくりとだがきちんと話せて意思の疎通ができ、頭もしっかりしている。しかし、普段はほとんど寝ているし、細い目は皺に埋もれて、目が開いているかどうかも一見しただけではわからない。

浩人は彼女を、自分の母親や、同室の千枝子と同じように、寝たきりの患者だと誤解していたのかもしれない。

「お隣は大変なことだったけど、そっちの人も亡くなってねえ」

私ひとりになってしまったわ、と美津は、さほど悲愴感も感じないゆったりとした調子で言った。

「でも、ほら、娘さん、毎日お見舞いに来ていたでしょう。だから、亡くなる前にちゃんと会えたのが、よかったわよねえ。それを言うなら、あの悪い息子さんだって、毎日来ていたけど」

娘さんというのが千尋のことで、悪い息子さんというのが、浩人のことだろう。

彼女は、思いのほか、この病室を訪れる人たちのことを把握しているらしかった。目はあまりよくないようだが、顔を識別できなくても、息子らしい男性が見舞いに来ている、娘らしい女性がよく世話をしている、というようなことは、声や動きなどの情報を総合して理解していたのだろう。

そういえば、穂積昭子が亡くなった日の目撃証言も、「白い服を着た男が出て行った」という曖昧なものだった。浩人が母親に何をしたのかはわからなくても、一度見舞いに来て帰ったはずの男が、また病室へ戻ってきたことは見て、覚えていた——それだけで、捜査のきっかけとしては十分だった。

「そこのベッドの人はね、亡くなる前に、その日に家族に会えたんだもの。幸せですよ」

相槌を打ちながら、また、忘れようとしていた疑惑が頭をもたげる。

千枝子の呼吸器が外れていたのが本当に事故だったのか——そんなことは、考えても意味のないことだ。

考えるな、と自分を叱咤《しった》したが、

「ちょうどその日は、娘さんだけじゃなくて、お孫さんも来てましたからね。最後に会えたのはよかったですよ、どちらにとってもねえ」

美津の言葉に、え、と顔を上げる。

最後の日に悠太も見舞いに来ていたというのは、初耳だ。

千尋は毎日母親を見舞っていたから、最後に生きている千枝子に会ったのは千尋だろうと思っていた。浩人のときと同じだ。そのせいで、どうしても、千尋と浩人を重ねて見てしまっているところがあった。浩人とは違い、千尋は本当に母親を思っていただろうが、それでも、あれは事故ではないのではないかと、一度思ってしまったら、なかなか疑惑は消せなかった。

しかし、子どもと一緒に見舞いに来ていたのなら、まさか、その日の前で、母親の呼吸器に手をかけるようなことはしないだろう。

（考えすぎだった）

よかった。

とたんに心が軽くなる。

「お孫さん、まだ小学生の男の子ですよね。ここで見かけたことがあります」

「そうよ、優しい子ですよ。一人でも、ランドセルを背負ってお見舞いに来るんだから」

小学生の男の子としては珍しいような気がするが、確かに悠太が一人で見舞いに来ることもあったと、由紀乃も言っていた。先に来ていた母親に、後から来た悠太が合流するのを木村も見たことがある。

おばあちゃん子だったのか、それとも、母親の千尋が一生懸命だったから、それに影響されたのか。

意識がなくても、きっと千枝子には、声が聞こえていたはずだ。最後の日に娘にも孫にも来てもらえたなら、美津の言うように、幸せな最期だったのかもしれない。

そうですね、と答えようとして、何かが引っかかった。

ふと湧いた、小さな泡のような疑惑――いや、疑惑とも呼べない、ただの思いつきだ。嫌な、思いつきだった。

「その日、ええと……このベッドの患者さんが亡くなった日、悠太くん――あの男の子は、一人でお見舞いに来ていたんですか？　それとも、お母さんと一緒でしたか？」

「一人でしたよ。お母さんが先に来て、帰ってしばらくしてからね。学校帰りでしょうね。私の、午後の昼寝の時間でしたからね。子どもの声で一度目が覚めたから覚えてます。またすぐ眠ったけど、子どもの声を聞きながらだから昔の夢を見た気がするわ」

本当に、いい親子ですよ。特にあの娘さんはできた娘さんよ。毎日一生懸命お世話して。私には弟がいるんですけどね、週に一回、来てくれるかくれないかよ。それでもありがたいですよ、皆自分の生活があるんですからね……と、美津の話はまだ続いている。しかし、頭には入って来なかった。

木村は、この部屋で、最後に千尋を見た日のことを思い出していた。

あの日、ベッドのまわりにはカーテンが引かれていた。

カーテンを引いたのは千尋だ。人に見られては困ることをするつもりでカーテンを引いた。しかし、彼女は実行には移せなかった。

その数日後に、千枝子は呼吸器が外れる「事故」で亡くなり、木村は千尋を疑ったけれど——迷って、苦悩して、あの日結局できなかったことを、彼女は成し遂げることができたのだろうか。一度は泣き崩れ、呼吸器から手を離してしまった彼女が、その数日後に、もう一度同じことを試みたのだろうか？

あれが事故ではないのなら、第一容疑者は千尋だと思っていたけれど、千枝子の死後に会ったときも、彼女が罪の秘密を抱えているようには見えなかった。

そして、生きている千枝子に、最後に会ったのは千尋ではなかった——おそらく、相沢悠太だ。

（まさか、）

あの日、呼吸器に手をかけて、結局何もできなかった、ごめんねと泣いていた千尋を、後から来た悠太も、見たのかもしれない。

千尋が泣いていたのは、あの日だけではなかったかもしれない。千尋は隠していただろうが、少し聡《さと》い子どもなら気がつくだろう。

楽にしてあげられなくてごめんねと泣いている母親の姿を——そして、呼吸器をつけて苦しそうに息をする、おそらくもう二度と目覚めることのない祖母を、彼がどんな気持ちで見ていたのか、木村には想像することしかできない。

けれどそれは、呼吸器に手を伸ばす動機としては十分なように思えた。

「ねえ、あなた、あの娘さんの知り合いでしょう。伝えておいてくださいね、あなたのお母さんは幸せよって」

黙り込んだ木村に、美津が無邪気に言った。

池田千枝子の呼吸器が外れる「事故」が起きたのは、穂積昭子の呼吸器が外れた後のことだった。

そのどちらもが意図的なものなら、犯人は同じだと考えるのが自然だが、浩人には千枝子を手にかける動機がないと木村が指摘したとき、浩人が練習をしたのでは、と、高塚は言った。

＊＊＊

彼も、本気で言ったわけではないだろう。そういう考え方もある、と示しただけだ。つまり、一つの事件に動機のない人間が、もう一つの事件において犯人でないとは限らないと、高塚は言いたかったのだ。木村も、今は理解している。

穂積昭子の呼吸器を外したのは、もちろん、浩人だろう。失踪宣告の申し立てを終え、失踪から七年が経過して、あとは昭子が死にさえすれば、彼が遺産を受け取れるはずだった。手続きが終わり、調査期間も過ぎて失踪宣告がなされ、あとは昭子の死を待てばいいだけだったのに、危険を冒して殺人の実行行為をなしたのは、借金の取り立てに焦っていたからかもしれない。何度か電話で話していた、あれも取り立ての電話だったのかもしれないと、今なら思い当たる。

そうして、浩人が昭子の呼吸器を外したのが、最初の事件だ。結果的に、昭子はマスクなしでも呼吸ができたため大事にはならなかったが、看護師が呼吸器が外れているのを発見したとき、千尋は近くにいたのではなかったか。

千尋はその騒動を見て、呼吸器が外れる、たったそれだけで、延命措置中の患者は呼吸を止めてしまうのだと気づいたのだ。きっと。

そして、母親の呼吸器に手をかけた。

穂積昭子の死亡と池田千枝子の死亡に、直接的な関連はないが、二つの事件は、そんな形で、緩やかにつながっていた。

(でも、千尋さんには、できなかった)

だから、きっと彼が、実行した。

彼女の代わりに。

病院の弁護士という立場を利用して、千尋の住所はわかったが、木村は「相沢」の表札の前で立ちつくしていた。

近所の人に怪しまれてはいけないと気づいて、ゆっくりと通りすぎ、数メートル歩いてからまた戻る。

いきなり訪ねて行って何を訊くつもりなのか、自分でもわからなかった。すべては自分の思い込みかもしれず、だとしたら、千枝子を亡くしたばかりの彼らに、とんでもなく不躾《ぶしつけ》で心ない質問をすることになる。

仮に木村の想像通りだったとしても、千尋は何も知らないはずで——彼女に、この疑惑を伝えること自体が、どれだけ残酷なことなのか、わかっていた。

もし木村の思い違いだったら。

思い違いでなくても、彼女は、そんな真実は知りたくないに決まっている。知りたくもない、知ってどうすることもできない真実を、伝えることに何の意味があるだろう。

彼女の日常を、幸せを、もしかしたら一生を、壊してしまうかもしれない真実だ。

真実は、真実であるというだけで、それほど価値のあるものだろうか。

「木村さん？」

声をかけられ振り向くと、エコバッグを提げた千尋が立っている。

外で会うのは初めてだ。

自然光の下だからか、以前会ったときよりも若々しく見えた。

彼女はこんな場所で木村に会ったことを不審がる風もなく、偶然ですねと笑っている。

「この近くにお住まいなんですか？」

「いえ、……相沢さんは、この近くに？」

「ええ、すぐそこなんですよ。買い物に行ってたんです。もうすぐ息子が帰ってきてしまうので、慌てて」

表情も声も、すっかり明るい。

自分に対する反応で、彼女自身は何も知らないのだと、確信を持った。

ようやくこんな風に笑えるようになったこの人に、自分は、何を伝えようとしているのか。

今はまだ、ただの疑惑だ。

まずは確かめてからだ。いや、そもそも、確かめる必要があるだろうか。

「そうなんですね。俺は、その、たまたま通りかかっただけで……」

そのまま挨拶だけして立ち去ればよかった。

確かめてしまえば、今度は、その真実をどうするかを迷うことになる。知っても何もできないのなら、最初から、知らないほうがいいのではないか。

そう思うのに、気が付いたら、口から出ていた。

「あの、……お母様に、お線香をあげさせてもらえないでしょうか」


生前は千枝子が使っていたらしい和室に、白い布をかぶせた祭壇が作られていて、笑顔の写真が飾られていた。

線香立てのかたわらには、お菓子や、小さく盛られた白米や、果物が置かれている。

供え物というよりは、おすそわけ、といった感じの、無造作な様子が微笑ましかった。

お菓子のうちのいくつかは、悠太が置いたものなのだろう。

たとえ木村の想像通りのことがあったとしても、千尋と悠太が、千枝子を大事に思っていたことは間違いない。彼らは、私欲のために犯行に及んだ浩人とは違う。

ろうそくの炎に線香をかざし、線香立てに挿した。

遺影の千枝子は笑顔だった。病院で見た顔とは、大分印象が違った。

幸せだったんだろうな、と何も知らない木村でも想像できるような笑顔だ。

手を合わせる。

確かめて、自分がどうするつもりなのか、自分でもわからなかった。

違えば安心できる。けれど、もし、予想した通りだったら。

真実を明らかにしても、誰も幸せにならないとわかっている。千尋も、病院も、亡くなった千枝子ですら、望まないかもしれない真実なら、何のために明かすのか。明かせない真実を知ることに、意味があるのか。

お茶を淹れるという千尋の申し出を固辞していると、「ただいま」と声がして玄関のドアが開いた。

和室は玄関を入ってすぐ横にあるので、木村にも、悠太の声と、ランドセルの金具が鳴る音がはっきりと聞こえる。

千尋が立ち上がって、息子を迎えた。

「おかえりなさい。お客様がみえてるから、ご挨拶して……あら」

どこか違う部屋で、電話が鳴り始める。

千尋は「すみません」と木村に断って和室を出た。廊下をぱたぱたと走る音、隣の部屋で電話をとったらしい気配。

悠太が、和室の入口に立って、遺影の前にいる木村を見ている。

「おばあちゃんのお友達?」

「どちらかというと、お母さんのかな」

十歳くらいだろうか。改めて見ると、当たり前だが、本当に子どもだ。

「病院で会ったことがあるんだけど、覚えてるかな」

「……覚えてる」

思い出した、が正しいだろう。

悠太は木村から目を逸らさない。それどころか、どこか、探るような視線を向けてくる。

木村が何故ここに来たのか、彼はわかっているのではないかという考えが頭に浮かんだ。

しかし、彼は、怯えた様子や、決まり悪げなそぶりは見せなかった。

「悠太くんは、一人でおばあちゃんのお見舞いに行くこともあったんだよね」

木村の問いに、素直に頷く。

「学校の帰りとか……」

「そうなんだ」

会えなかったら、あきらめることもできたのだが、こうして会えてしまった。

そして今、千尋は席を外している。

何かに背中を押されているような気がした。

「……おばあちゃんと、」

遺影の前に座った体勢で、悠太を見あげ、しっかりと視線を合わせて、静かに訊く。

「……最後に会ったとき、どんなことを話したの？」

ランドセルを背負ったままの悠太は、少しの間黙った。

動揺しているようには見えなかった。その日のことを思い出しているのかもしれない。

「……お母さんがするみたいに、手を握って、なでなでして」

やがて口を開き、木村の目をまっすぐに見返して言った。

「おばあちゃん、しんどい？　もうやめたい？　ってきいたよ」

そう、と、相槌を打つのが精いっぱいだった。

浩人のときのような、計画的な犯行ではないだろう。

目撃者がいなかったのは偶然だ。美津の午後の昼寝の時間に重なっていたということだから、ちょうど、看護師たちがカンファレンスルームに集まっている時間帯だったのだろう。

美津は、悠太が祖母を見舞う様子は見ていても、彼が何をしたのかは知らないようだった。眠ってしまって見ていないのかもしれないし、視力が低いようだから、彼の手の動きまでは視認できなかったのかもしれない。

悠太のしたことを知っているのは、悠太だけだ。

証拠は何もない。彼が裁かれることはない。

木村が言わない限りは、誰に知られることも。

「おばあちゃんは、うんって言ったの？」

悠太は頷いた。

実際に、千枝子はその瞬間意識を取り戻したのかもしれないし、悠太がそう感じただけかもしれない。悠太が嘘をついているか、そう思い込んでいる可能性もあったが、それこそ、確かめようのないことだった。

電話を終えた千尋が戻ってきた。

悠太は自室にランドセルを置きに行き、木村は、彼が戻ってくる前に、お邪魔しましたと千尋に告げた。

＊　＊　＊

呼吸器をつけていれば生きていられた人間の呼吸器を外し、その人が亡くなったら、それは殺人だ。

外せば死ぬとわかっていて外したなら、殺意もある。

祖母がそれを望んだのだと、彼は言ったが、そうだとしても、少なくとも、同意殺人だ。

法律を当てはめるならば、相沢悠太の行為は、間違いなく犯罪だった。

事務所の自分の席で、意味もなく笹川総合病院のファイルを広げて、木村は考える。

もう、何度も、何日間も考えていた。

このファイルには記されていない事件だ。事件にすらなっていない。

しかし、殺人事件だった。

千尋の家を訪ねた日から、何度も、同じことを考えていた。

あの日、結局、君は呼吸器のチューブを外したんだねとは、口に出せなかった。訊くまでもないことだと思ったし、はっきり彼の口から肯定されるのが怖かったというのもある。

あれは自白とまでは言えないだろう。

自白していたとしても、それを聞いたのは木村だけだ。

(俺が告発しなければ、表に出ることはない……でも、告発しても、証拠は何もない)

それこそ検察官の前で本人が自白でもしない限りは、この件が事件化されることはないだろう。

自分だけが存在を知っている犯罪について、このまま黙っていることが、法律家として許されることだろうかと、考える。

真実を明らかにすることを迷うなんて、これまでなかった。しかし、病院という特殊な場所で、特殊な状況の下に置かれた人たちの行いを、病院の外にいる人間たちが法律という物差しで測《はか》るのが正しいことなのか、自信が持てなかった。

「もしも、表沙汰になっていない犯罪の存在を知ったら、高塚さんならどうしますか」

木村の席の前を通りかかって、また何か悩んでるの、と呆れた顔をした高塚をつかまえて訊いてみた。

「通報するだろうね。規模にもよるけど」

何突然、と不審そうにしながらも、高塚はあっさりと答える。

「それが、業務上知り得た事実だったら？」

「依頼人が犯罪を犯した事実を知ったらってこと？」

「依頼人じゃなくても、業務を行う過程で知った事実の場合……です」

こんな訊き方をしたら、笹川総合病院に関係して何かがあったと言っているようなものだ。

高塚はちらりと、木村のデスクの上に広げられたファイルに目を向けたようだったが、

「告発が依頼人のメリットになる場合とデメリットになる場合があるから、まず依頼人の利益を考えるかな。もちろん、緊急性があるなら別だよ。誰かが今まさに殺されそうとか」

これにも、何も訊かずに答えてくれた。

「依頼人の利益に全く無関係な話なら、それは、弁護士としてっていうより、個人の考

え方じゃないの。どうでもいいと思ったら放置するかも。寝覚めが悪いと思ったら警察に届けるかもしれないし、ケースバイケースだよ」

「……そう、ですね」

高塚の言うことは、もっともで、当たり前のことだった。

弁護士としての判断基準は、依頼人の利益になるかならないかだ。彼ほどすっぱりと割り切ることはできなかったが、木村も本当は理解している。

今木村が悩んでいるのは、法律家としてどうのこうのという話ではない。木村龍一個人が、迷っているだけだ。

自分がどうするかを決めなければならない、ただそれだけのことだった。

どうすることが正しいのかは、きっと、どれだけ考えても答えが出ない。どちらを選んでも、悩むだろう。

どうするのが正しいのかだけでなく、もはや、自分がどうしたいのかもわからなかったが、他人に、たとえば高塚に、判断を委ねるようなことはしたくなかった。

「もうちょっと悩んでみます。すみませんでした」

「いいけどね。終わったことなら切り替えたほうがいいよ。仕事には支障が出ないように……っと、ごめん」

彼宛の電話がかかってきたらしく、事務員に呼ばれて高塚は行ってしまう。

頭を下げて見送った。

答えを得られたわけではなかったが、悩みの一部分だけでも人に話したことで、少し気持ちが軽くなった気がする。

座り直し、ファイルをめくった。

穂積浩人をはじめ、病院で出会った人たちと話をするたび、彼らにとって弁護士は無力だと、もどかしい気持ちになったけれど、依頼人でもない人たちまですべてを助けることなんて、できるはずもなかった。

法律による解決を求め、頼ってくれる依頼人のための最善を考えることで精いっぱいで、それ以上をしようとすれば、するべきことすら十分にできない。浩人の気持ちも、千尋の気持ちも、悠太の気持ちも、病院の代理人弁護士としての木村が考えることではなかった。

悠太を告発するかどうかは、木村龍一個人の正義感の問題だ。

(改めてそれを自覚したところで、どうしたらいいかわからないことに変わりはないけど)

勤務時間中に、このことばかり考えているわけにもいかない。

ファイルを閉じ、棚には戻さずに、机の端に置いた。

数分後、高塚が戻ってきた。手に、一冊のファイルを持っている。

その表情から、先ほどの電話が、良いニュースを伝えるものではなかったらしいことがわかった。

まっすぐに木村のデスクに向かって歩いてくるのを、立ち上がって迎える。緊急事態だろうか、と身構えた。

「何かあったんですか」

「木村くんに、仕事の依頼」

短く答えて、高塚はファイルを、木村へと差し出す。

「俺が遺言を作成した依頼人が、亡くなったって。今連絡があったんだ。その人が、木村くんを遺言執行者に指定してる」

「俺をですか？」

遺言執行者は、遺言の内容を実現する役割を負う人間のことだ。相続人の代理人となり、相続財産を管理し、名義変更等の手続きを行う。被相続人が遺言の中で遺言執行者を指定することは多いが、高塚の依頼人が何故、木村を指定するのだろうか。高塚が推薦してくれたのだろうか、と不思議に思いながらファイルを受けとる。

その表紙には、事務所内にあるほかのすべてのファイルと同じように、依頼人の名前が書いてあった。

――「早川由紀乃」。

ここで何故彼女の名前が出てくるのか、すぐにはわからなくて、答えを求めて高塚を見る。高塚は、唇を結んで黙っている。

由紀乃が、高塚の依頼人。木村が、遺言執行者。その意味を、ゆっくりと理解した。

「……遺言?」

高塚は目を伏せ、今朝亡くなったらしい、と告げた。

＊　＊　＊

葬儀の日は仕事が入っていたので、通夜にだけ参列した。

喪主を務めたのは、福岡に住んでいるという由紀乃の叔母だったが、諸々《もろもろ》の手配は家政婦が中心となって行ったらしい。彼女は何度もハンカチで目元を押さえていた。会場には加奈の姿もあり、母親に肩を抱かれながらずっと泣いていた。

こぢんまりとした会場に作られた祭壇は、淡い色の花で溢れていて、その中に笑顔の遺影があった。退院した日の、祝いの花束に顔を埋めた彼女を思い出した。

参列者は少なかったが、その中に関口の姿を見つける。彼も木村に気づいたらしく、互いに小さく会釈を交わした。

担当医が元患者の通夜に参列するというのは、一般的なことではないだろう。それだけ彼女が、関口にとっても印象深い患者だったということだ。

焼香を終えてから、会場の外へ出て挨拶をする。

年若い少女の通夜の席なのだから当然と言えば当然だが、彼もやりきれないような顔をしていた。


「治らない病気だったんです」

並んで立ってタクシーを待ちながら、関口は話し出した。

「心臓の発作が起きたら、すぐに対処しなければ危険ですが、そのときは治療で命をとりとめても、発作を繰り返すうちに、少しずつ心臓は弱っていきます。入院していても、治る見込みがあるわけじゃなかった……入院していたのは、発作が起きたときにすぐに処置ができるようにです」

由紀乃は告知を受けていたそうだ。自分が長くはないことを知っていた。

残り時間の短さを聞かされても、彼女は落ち着いた態度を崩さなかった。信じられない気丈さだと、関口は言った。

「大泣きして、世の中を呪って、医者や看護師に八つ当たりをしたって仕方ないんです。本当は。大人にだって耐えがたい。でも彼女は、……少なくともその場では、涙さえ見せませんでした。中学生の女の子ですよ」

心臓が弱いのは昔からで、ある程度覚悟はしていたと、なんとなくそんな気はしていたと、彼女は応えたのだという。

「落ち着いてからこれからのことを相談したいから、と言って、その日は告知だけ受けて、彼女は帰りました。やっぱりショックだったと思います。でも、私たちの前で激しく取り乱すようなことはなかった。後日、その後の治療に関して彼女の後見人も交えて話をしたんですが、そのときはもう、完璧に感情をコントロールしていました」

決して、動揺していなかったわけではないだろう。しかし彼女は、それを関口に見せなかった。おそらく、誰にも見せなかったはずだ。告知を受けたときすでに、彼女には、一緒に泣いてくれる人も、悲しみをぶつける相手もいなかった。

人に迷惑をかけないように行動することが、身体に染みついているようだったと、関口は痛ましげに言った。

確かに、彼女にはそういうところがあった。年齢に見合わない、上品で丁寧な話し方や物腰は、意識してのものだったはずだ。彼女が、そう在ろうと努力して作りあげた姿だった。

「見ているとこちらが辛くなりました。そんなに無理をしなくてもいい、泣いてもいいんだと言ってあげたかったですが、私は彼女の家族でも何でもなくて、ただの医者でした。医者としては、言えなかった」

泣かせてあげることさえできませんでしたと、関口は眉を寄せてうつむく。

由紀乃は、木村に、治らない病気であることを言わなかった。

木村を気遣ったのか、彼女自身が、病気のことを知られたくなかったのかはわからない。

もしも自分が不治の病だったら、と、彼女は何度か口に出したことがあった。そのたび木村はどきりとさせられたが、彼女は「仮の話よ」と笑っていた。中学生の少女の演技に、すっかり騙されていた。

もしも知っていたら、自分は、由紀乃を泣かせてあげられただろうか、と木村は考える。

きっと、できなかっただろう。あんな女の子が、無理をして無理をして背筋を伸ばしているのに、それは虚勢だろう、本当は辛くて苦しくて泣きわめきたいはずだ、なんて、言えたはずもない。

それに、彼女はきっと、それを望んでいなかった。だから、木村には言わなかったのだ。

最後まで、弱さを見せずに立っていようとした。

そして、見事にやりとげた。

「彼女が、入院したいと言いに来たとき、私は意外に思いました。残り少ない時間なら、自宅や学校で、友達と一緒に、好きなことをして過ごすことを選ぶと思っていたので」

確かに由紀乃はそんなことを言っていた。「もしも自分が治らない病気だったら」、目的も何もなく、ただ残り時間を伸ばすためだけの入院を、自分は望まない、と——そのせいで、彼女は病気を治すために入院していて、元気になって退院していくものと木村は思いこんでいた。おそらく、由紀乃のほうも、あえて木村を誤解させるような言い方をしたのだろう。

彼女は、目的があって入院していた。

しかしそれは、病気を治すことではなかった。

「彼女自身、最初は迷っていたようなんです。でも、ある日突然入院を決めて、それからは一切、揺るぎませんでした。何があったのかは、わかりませんが」

彼女の希望で、退院の予定日は、入院のときから決まっていたのだそうだ。

入院は、木村が裁判のために病院に通い始める二月ほど前、夏の盛りから。退院は、誕生日の翌日、四月の半ば。

発作が起きてもすぐ対処できるよう、できる限り発作を起こさないよう、体調をベストの状態に整えるために、設備の整った病院で、定期的な検査を受けながら、彼女は十ヵ月近くを過ごした。

あのひとりきりの病室で、ただ、時間が過ぎるのを待っていた。

「彼女に言われたんです。『先生、お願いします、四月まで、私を生かしてください』――どういう意味だろうと、不思議だったんですが、本当に、四月になったら退院してしまいました。私にはわからなくても、彼女には意味のあることだったんでしょう」

どうしても、十五歳まで生きていたいんですと、彼女は言ったのだという。

十五歳の誕生日を、――最後の誕生日を、病室で迎えることにどんな意味があるのか、彼女は自分の意図を病院側には明かさなかった。後見人である親戚にも、家政婦にも言っていなかったらしい。

知っていたのは、彼女の弁護士、高塚だけだった。

今は木村も、その意味を知っていた。

＊　＊　＊

「前に仕事で病院に来たとき、偶然会ってね。俺が弁護士だって知って、名刺をほしいと言われたんだ」

通夜の前、事務所で、高塚は由紀乃のことを話してくれた。

木村は知らなかったが、木村が由紀乃と知り合う以前から、彼女は、高塚の依頼人だったのだそうだ。

「相談料を払うから話をしたいって。そのときは、まだ入院はしていなかった。どうせ残り少ない時間なら、延命のための治療はせずに、自宅や学校で過ごしたほうが有意義かもしれないって、今後の治療の方針について迷っていたみたいだった」

おそらく、告知を受けてすぐの頃だろう。

相談内容に直接影響するのだから当たり前だが、高塚は、彼女が治らない病気であることを、最初から聞かされていたようだ。

「彼女は、少なくとも俺の前では、いつも落ち着いていたよ。彼女の年齢や、置かれた状況を考えたら、信じられないくらいにね。必要なことしか話さなかった。相談の途中で、相談内容とは直接関係のない身の上話を始めたり、自分の辛い気持ちを滔々《とうとう》と語り出して、どんどん話が脱線しちゃう依頼人って多いだろ。彼女は全然そうじゃなかった。訊かれたことにきっちり答えて、彼女からの質問や要望も明確だった。やりやすい依頼人だったよ」

高塚が明確だったと言った、彼女の望みは、友人の江口《えぐち》加奈に、留学費用と、大学で音楽を学べるだけの金額を残すことだった。

高塚は、それが可能か、どうすれば可能かを、彼女に相談されたのだという。

「聞いてるかな、彼女、両親を亡くしててね。叔母が後見人になっていたけど、福岡に住んでいて、同居はしていなかった。両親が健在だったときから雇っていた家政婦と二人で暮らしていたそうだよ」

「……聞いています」

両親も祖父母も兄弟もいない彼女には、相続人がいなかった。彼女が亡くなれば、財産は国庫に帰属することになる。

誰かに財産を残したいのなら、その意思を遺言で示しておく必要があった。

「それで俺は、友達に財産を残したいなら、彼女に特定の財産を遺贈するって内容の遺言を書けばいいってアドバイスをしたんだけど」

友人は相続人ではないから、加奈が由紀乃の財産を相続することはできないが、遺贈された財産を受け取ることはできる。

贈与とは違い、一方的に、由紀乃一人の意思で行うことのできる法律行為だ。契約ではないから、遺贈を受ける加奈のほうの意思確認は必要ない。由紀乃は加奈にも、自分が長くないことは隠していただろうから、生前に財産を贈与するという選択肢はなかったのだろう。

高塚が見せてくれた由紀乃の遺言書には、江口加奈に特定の財産を遺贈すると、はっきりと書いてあった。公証人を病室へ呼んで作成したらしいその遺言書の作成の日付は、今年の、彼女の誕生日の翌日になっている。

退院するその日に、作られたものだった。

高塚は、木村が日付に目を留めているのに気づいたらしく、一度言葉を切って、最後の答えをくれた。

「──俺に相談しに来たとき、早川由紀乃はまだ十四歳だった」

民法九六一条、十五歳に達した者は、遺言をすることができる。

つまり、法律上、十四歳の少女には、遺言能力が認められていなかった。

高塚にそれを教えられ、由紀乃は、十五歳になるまで──大事な友人に財産を遺贈するという遺言を書ける年齢に達するまで、病院で命をつなぐことを選択したのだ。

自分の命が残り少ないと告げられて、動揺しない人間なんていない。

木村や関口医師には見せなかったとしても、泣いたり運命を呪ったりもしたはずだ。平気なわけがなかった。中学生の女の子だったのだ。

しかし、受け入れるしかなくても、すぐに受け入れられるわけがない。残酷な現実から、彼女は逃げなかった。

そのうえで、自分で選んだのだ。大事な人に、自分の財産を渡せるように、一生懸命考えて——限られた残りの時間の大部分を、病室で過ごすことを決めた。

強い、とても強い意思がなければ、できないことだった。

＊　＊　＊

「彼女は、遺言を残していたんです。内容は言えませんが、自分の財産の使い道を、指定していました。この国の法律では、遺言を書けるのは十五歳からなんです。十四歳以下の書いた遺言は、無効になります」

木村が言うと、関口は顔を上げ、「それで……」と呟いた。

由紀乃の意図を知り、その強い意思に、改めて感嘆しているようだった。

「彼女は俺に、病気のことは何も話しませんでした。でも、俺を、遺言執行者に指定してくれていたんです。彼女の財産を、彼女が望んだように使う、代理人に俺を選んでくれた」

命までかけた、自分の一番大事な願いを、信じて預けてくれたのだ。

自分のことをいい弁護士だと言ってくれた。本当よと笑った、その顔を思い出した。

泣きたくなる。

背中を伸ばして立たなければと、思わせてくれた。彼女に選ばれた自分に、恥じないように。

「生きている彼女には何もできなかったけど、彼女の望みをかなえるために、法律家としてできることをするつもりです」

決意を込めて言った。

関口は頷いて、それから、ゆっくりと目を伏せる。

「……今からでも、彼女のために何かできるというのが、うらやましいです。私には、医者として、彼女にできることは何もなかった。何かしてあげたいと思ったのに、私は無力でした」

「何言ってるんですか」

馬鹿なことを、とすら言いそうになった。思わず声が大きくなって、一度はうつむいた関口が、驚いたようにまた木村を見る。

「十五歳の誕生日まで生きたいという、彼女の願いを、先生方はかなえてあげたじゃないですか。彼女が頑張れたのは、こうして遺言を残せたのは、先生方のおかげでもあるんです」

彼が、由紀乃を気にかけていたのは知っている。由紀乃の病室からの帰り道ですれ違ったこともあった。忙しい中、わざわざ様子を見に顔を出していたのだろう。

治らない病気にできることは何もないと諦めるのではなく、残された時間をどう使うのかを選んだ彼女を支え続けたのだ。

由紀乃が入院した病院が、笹川総合病院でよかった。担当した医師が、関口でよかった。

由紀乃の代わりにと木村がそう言うと、関口の表情が和らいだ。

そう言っていただけると救われますと、眉を下げて笑う。

「木村先生だって……生きている彼女には何もできなかったと、さっきおっしゃいましたが、彼女は、木村先生がお見舞いに来てくれて、嬉しそうでしたよ。いつも楽しみにしているようでした。親戚から新しい紅茶なんかが届くと、木村先生がいらしたときにごちそうしようって」

「……やめてください、泣きそうなので」

「はは」

生と死の間にいる人たちに、法律家ができることなんて何もないような気がしていたけれど、友人としての自分が、少しでも彼女の役に立てていたなら、自分も救われる。

結局、大切なのは、そういうことなのかもしれない。

病気を治すだけが医者の仕事ではないように、法律に基づいて白黒をつけるだけが弁護士の仕事ではないのだ。

患者も依頼人も人間で、医者も弁護士も人間なのだから。

「すごい女の子でしたね。人間は、あんなに強くてきれいでいられるのかって……驚嘆するばかりです」

「……そうですね」

彼女はきっと、強い意思の力で、自分を支えていた。

きっと誰にも、最後まで見苦しいところを見せないまま、きれいな思い出だけを残していなくなった。まるで神様のようにきれいだったけれど――きっと本当は、ただの、一人の女の子だった。

ただ、避けがたい残酷な現実から、目を逸らさなかった。すべてを自分で決めて、やりとげた。

心から尊敬した。

そして、感謝していた。

＊　＊　＊

由紀乃の遺言執行に関するファイルを、「弁護士木村・個人（続行）」の棚に収める。終わった事件のファイルは「既決・終結案件」の棚へ移して、空いたスペースに新しいファイルを差し込んだ。

一つの仕事が終わったら、また、新しい仕事。あたりまえだが、そうやって続いていくのだ。

ファイルを整理している木村を眺めていた高塚が、そういえば、と口を開く。

「長谷先生、来月留学から戻ってくるね」

「ああ、そうですね。もう五月か……」

医療訴訟チームの元リーダーが復帰すれば、今後は、笹川総合病院で何かあったときは彼女が担当になるだろう。

「俺もお役御免ですね。やっぱり、医療訴訟は荷が重いです」

この数ヵ月間のことはいい経験になったし、丸岡訴訟はいい形で終結できたと高塚にも誉めてもらったが、力不足を感じることもたくさんあった。正直、解放されると思うとほっとする気持ちのほうが大きい。

「でも、勉強になりました」

笹川総合病院の訴訟ファイルを自分のデスクに置いたままだったことを思い出して、取りに戻る。

高塚はまだ棚の前にいて、壁にもたれて腕を組んで立っていた。

「そういえば、木村くん、前俺に何か訊きたそうにしてなかった？　早川由紀乃の件で電話がかかってきて、うやむやになっちゃってたけど、何か悩んでたんじゃなかったっけ。もういいの？」

「あ、はい」

気にしてくれていたらしい。

傍目にもわかるほどに落ち込んでいた自覚はあったので、面目《めんぼく》ない思いで頭を掻く。

「やっぱり、自分で考えて答えを出さなきゃいけないことだなって気づいたので……」

「ふーん」

何かすっきりした顔してるね、と言われて苦笑した。

すっきりはしていない。悩みは尽きない。

しかし、そのためにただ止まっているわけにはいかないと気づいただけだ。

仕事に限らず、生きていれば、選択を迫られることは必ずある。

自分や他人の人生に関わる決定をしなければならないことも。そんなとき、自分の無力を嘆いても仕方がない。

自分の置かれた状況の中で、自分にできることをするしかない。何をするかは、自分で選ぶしかないのだ。

由紀乃は、誰にも頼らず、たったひとりで、自分自身で考えて決め、最後までやり通した。

彼女の強さを知ってしまったら、もう、情けないことは言っていられなかった。

彼女が信じてくれた自分を、自分も信じてみるべきだ。

「……もう、大丈夫です」

たぶん、とつい付け足してしまってから、その頼りない響きに苦笑する。

すぐには無理かもしれない、彼女のように迷いなく強くは、在れないかもしれないけれど。

笹川総合病院のファイルをスチール棚の「既決・終結案件」に挿した。ちょうど一冊分空いた隙間に、ぴったりと嵌《はま》る。

扉を閉めた。

# 解説

今村昌弘（小説家）

　本作『301号室の聖者』は、先だって双葉文庫で刊行された『黒野葉月は鳥籠で眠らない』の続編である。解説にあたり、本作の具体的な内容と、『黒野葉月は鳥籠で眠らない』の概要について触れる部分を含むので、未読の方はご注意いただくようお願いします。

　さて、『301号室の聖者』には前作に引き続き主要な人物として、木村と高塚という二人の弁護士が登場する。よって木村&高塚弁護士シリーズと呼ぶのが通例なのだろうが、これに関する私見から話を始めたい。

　通常、二人の人物名を冠するシリーズの場合、その二人は探偵と助手の関係か、弱点を補い合う名（迷？）コンビであることが多く、いずれにせよ二人が協力して事件の真相を追う構図になるだろう。ところが本シリーズの木村と高塚という両弁護士の関係性は少しばかり異なっているように思える。

　語り手である木村は弁護士としての経験が比較的浅く、依頼から発生した謎に頭を悩ませ、翻弄される。こちらは典型的な助手の、読者に寄り添った立ち回りに近い。対して経験豊富な先輩弁護士の高塚は、常に冷静な態度でもって解決の方向に導くこともあるのだが、名探偵的な推理力を発揮するというよりも、経験則からくる予想を走らせたり、予め木村や読者よりも真相に近い特権的な立場にいたり、というパターンが多い。つまり、一般的なミステリーが二人の〝推理能力の差〟を設定することで事件の不可解さや謎解きの爽快感を演出する部分を、二人の弁護士としての知識の差、あるいは、経験から見える景色の違いで表現している珍しいシリーズなのではないだろうか。

簡単に『301号室の聖者』の説明をすると、法律の知識を巧みにホワイダニットに組み込んだ珠玉の連作短編集である前作と打って変わり、本作は長編だ。

今回木村は初めて医療過誤の損害賠償請求事件を担当することになる。丸岡輝美という笹川総合病院の入院患者が病院食を誤嚥し、昏睡状態に陥った後に死亡したことに関して遺族が訴訟を起こしたのだ。事故当時の状況を詳しく知るため病院で調査を始める木村だが、人の命を預かる医療現場のリスクの大きさと医療従事者の苦労、責任の有無を線引きすることの難しさを知り、また同じ西棟301号室の他の入院患者と家族たちの姿を目の当たりにすることでますます問題の重さを認識していく。

現実的なテーマであり、それゆえに重い空気が漂う序盤の展開の中で、清涼剤のような役割を果たしてくれるのが早川由紀乃だ。事故の起きた部屋のちょうど向かいに位置する、東棟の301号室に入院中で、歳の離れた木村に対して「お友達になってくださいませんか」と求めてくる、浮世離れした雰囲気の少女だ。事故現場である西棟301

号室と、由紀乃のいる東棟301号室はまるで別世界のように、交わされる会話も雰囲気も違い、たまに差し挟まれる彼女とのやりとりが事件にどう関わってくるのか、要注目である。

　木村は病院と遺族の両方にとってよりよい結果を得ようと奮闘するのだが、物語を読み進めるうちに私は戸惑いを覚えるようになった。本格ミステリーを主戦場とする自分が予想していたものとは違う展開が続いたからだ。

　そもそも当初の依頼である訴訟に関しては、序盤で先輩弁護士である高塚の口から木村にアドバイスが送られ、大筋の方針が定められる。丸岡輝美の死に関しても特に不審な点はなく、密室もなければ人体消失も起こらない。私には謎が見当たらないように思えたのである。ミステリーっていうのはこう、四分の一くらいまでに不可解な問題が出てくるもんじゃないの？（言うまでもなく、私の考えが偏っている）

　以後、東棟301号室の入院患者である池田千枝子、穂積昭子が立て続けに亡くなる事件が発生し、不謹慎な私は色めき立つが、いずれの事件も間もなく決着し、物語は新しい展開に進行していく。だが終盤に至って、この物語はこういう形でなければいけなかったのだと合点がいった。

　私が普段書いているミステリーは、作中にちりばめられた手がかりや伏線を拾い集めていけば、必ず一つの真相に辿り着けるようにできている。犯罪トリックであれ真犯人であれ、私が考え設定した以上の正解は存在しない。だからこそ、読者が解明に取り組みながら読め進められるよう、作品の序盤で明確な謎を提示しなければならない。

この作品は違う。作者が作った謎ではなく、思い通りにならない生と死、死に直面した時の本人と家族の尊厳という壮大な問題について、木村が301号室での経験を通じて、決して一つではない答えの形を見出していく物語だったのだ。

彼が事件を通して目にした患者の死と残される者の葛藤は、答えの一つであると同時に生きるすべての人への問いかけでもある。いわば、答えが見つからないことこそが真相であり、物語を読み終えた時にその謎の重さが読者の心に刻み込まれる。

『301号室の聖者』は、まさにこの形式であるべきミステリーだ。とりあえず死体をばら撒きがちなミステリー書きである私は、織守きょうやに深く心服せずにいられない。

もう一点印象に残ったことがある。入院患者であった池田千枝子の死について、終盤で木村は別の真相の可能性に気づき、それを明らかにすべきか自問する。警察ならぬ代理人弁護士の彼がどんな決断をしたのか、それを支持するかどうかは読者次第だ。

ただ、近年織守きょうやが刊行したいくつかの作品で、主人公が同じ葛藤を抱くシーンがある。多くのネタバレは避けたいので作品名やその結末については伏せるものの、この〝すべての疑いを明らかにすべきか否か〟という命題の扱い方にも、私は織守きょうやらしさを感じる。

例えば探偵が主人公の作品でこの命題を登場させたなら、探偵の存在意義を強烈に表明するために、「相手が誰だろうと事実を明らかにするのが探偵なんじゃー！」と言わせるのも、「さあ、私は警察ではないのでね」と煙に巻くのもありだ。しかし弁護士としての実績を持つ織守きょうやの思考では、事実を明らかにすることと、それによって救われる者の存在とが常に天秤にかけられているのではないか。無論、誰かが救われる一方で損を被る者もいる。しかし弁護活動というものは、救いを求める人がいて初めて成立するのであり、それは謎を解くか否かの判断にも大きな意味を持つはずだ。

単純に探偵という存在を愛するミステリー作家とほんの少し異なる下地を持つこの考え方は稀有にして貴重であり、これから生み出されるものが青春ものでもイヤミスでも、織守作品の要となる気がしてならない。

■本書は二〇一六年に講談社より単行本刊行されました。
文庫化にあたり加筆・修正をしました。

双葉文庫

お-44-02

301号室《ごうしつ》の聖者《せいじゃ》

2022年8月7日　第1刷発行

【著者】

織守《おりがみ》きょうや
©Kyoya Origami 2022
【発行者】

箕浦克史

【発行所】

株式会社双葉社

〒162-8540 東京都新宿区東五軒町3番28号

［電話］03-5261-4818(営業部)　03-5261-4831(編集部)

www.futabasha.co.jp（双葉社の書籍・コミックが買えます）

【印刷所】

大日本印刷株式会社

【製本所】

大日本印刷株式会社

【カバー印刷】

株式会社久栄社

【DTP】

株式会社ビーワークス

【フォーマット・デザイン】

日下潤一

---

落丁・乱丁の場合は送料双葉社負担でお取り替えいたします。「製作部」宛にお送りください。ただし、古書店で購入したものについてはお取り替えできません。［電話］03-5261-4822（製作部）

---

定価はカバーに表示してあります。本書のコピー、スキャン、デジタル化等の無断複製・転載は著作権法上での例外を除き禁じられています。本書を代行業者等の第三者に依頼してスキャンやデジタル化することは、たとえ個人や家庭内での利用でも著作権法違反です。

---

ISBN978-4-575-52593-9 C0193
Printed in Japan

双葉文庫　好評既刊

黒野葉月は鳥籠で眠らない

織守きょうや

淫行容疑で家庭教師の男が逮捕された。その弁護人になった木村龍一は、非協力的な被疑者に戸惑うばかり。だが、不起訴を望む被害者の黒野葉月が木村のもとを訪れ、驚くべき切り札で事件をひっくり返す。「木村&高塚弁護士」シリーズ第一弾!

双葉文庫　好評既刊

## ほろよい読書

織守きょうや
坂井希久子
額賀 澪
原田ひ香
柚木麻子

今日も一日よく頑張った自分に、ご褒美の一杯を。今をときめく五名の女性作家が「お酒」にまつわる人間ドラマを描く。心を潤す短篇小説集。

双葉文庫　好評既刊

ムゲンのｉ（上下）

知念実希人

若き女医・識名愛衣は不思議な出会いに導かれ、人智を超える事件と難病に挑む。眠りから覚めない四人の患者、猟奇的連続殺人、魂の救済〈マグイグミ〉――すべては繋がり、世界は一変する。２０２０年の本屋大賞ノミネート作が待望の文庫化！